杨一枫

扶贫 /笔记/

商務印書館
The Commercial Press
2020年·北京

图书在版编目(CIP)数据

扶贫笔记/杨一枫著.—北京:商务印书馆,2020
ISBN 978-7-100-18439-7

Ⅰ.①扶⋯ Ⅱ.①杨⋯ Ⅲ.①散文集—中国—当代 Ⅳ.①I267

中国版本图书馆 CIP 数据核字(2020)第 070847 号

权利保留,侵权必究。

扶贫笔记

杨一枫 著

商 务 印 书 馆 出 版
(北京王府井大街 36 号 邮政编码 100710)
商 务 印 书 馆 发 行
北京雅昌艺术印刷有限公司印刷
ISBN 978-7-100-18439-7

2020 年 6 月第 1 版　　　　开本 710×1000　1/16
2020 年 6 月北京第 1 次印刷　印张 17
定价:89.00 元

序

李舫

每隔几天，杨一枫都会将他在扶贫现场"新鲜出炉"的"扶贫笔记"发给我，数千字文章、数十张照片、数十个视频——还有他的数十条微信留言，微信语音里是他层出不穷的对于减贫事业的奇思妙想，微信文字里则是用感叹号串起的排山倒海般的热情。不难想象，杨一枫这一刻正行走在滦平的百姓家、垄头边、小巷里，同农民朋友促膝长谈，并肩作战。

1998年，年轻的国际金融学士、古典文学硕士杨一枫没有选择他耕耘数年的金融和文学专业，却怀揣着新闻理想，走进了人民日报海外版的大门。今天，在这些带着温度、热气的"笔记"里，我再次看到了杨一枫数十年始终如一的理想与激情。

两年前一个仲夏夜，我和杨一枫在海外版值夜班。这是这个月的最后一个夜班了，我们格外谨慎，在桌上铺开黑白和彩色大样，逐字逐句，认真审读。所有的版面都付印，已是晨光熹微。蓦地，杨一枫抬起头来说，我已经报名参加今年的扶贫。

瘦瘦高高的杨一枫，在清晨的微光里仿佛更瘦了。穿着迷彩服的他，仿佛也陡然多了些"谜"一样的色彩。杨一枫受家庭熏陶，很小就开始填写古诗词，曾经还主持过《小杨行走》的栏目，现在从事时政类的编审工作。他平时总是文质彬彬，书生意气中多多少少还透着一些侠气。这一刻,侠者杨一枫选择了另一种新的开始、新的挑战。

河北省承德市滦平县,是人民日报社的定点扶贫县,从2016年起,人民日报社举全社之力对河北滦平、河南虞城两个定点扶贫县进行多方面、大力度帮扶。新闻帮扶注重激发内生动力、结对帮扶动员全社力量、开展外联引进社会力量,多种多样的帮扶形式带来了扶贫的巨大成效和广泛影响。2018年,离所有贫困县脱贫还有两年,离滦平县退出贫困县序列还有一年,杨一枫接过了最后一棒。越到最后一公里,越是艰难,杨一枫对此颇有感触:"我们很多人都参加过长跑比赛,最后几百米往往是最需要咬紧牙关的时候,我现在要做的,就是咬紧牙关做最后的冲刺。"

选派杨一枫前往滦平挂职锻炼,对接扶贫工作,正是基于扶贫工作的重要时间节点,基于对杨一枫的信任和期待。

解鞍欹枕绿杨桥,杜宇一声春晓。

夜班之后的这个白天,就是杨一枫出征的日子。一夜无眠,他竟然精神抖擞。"幸福都是奋斗出来的""奋斗本身就是一种幸福",在他身上,满满地是按捺不住的迎接幸福的兴奋。

再次见面是两个月后了。杨一枫变黑了,却健壮了很多。他摘下帽子,一时间,我竟然没有认出他来。他现在已经俨然一个地地道道的扶贫干部了,三句话里两句不离"脱贫攻坚""两不愁、三保障",不离"扶贫扶智"和"扶贫扶志",以及他在乡亲们家里、在田间地头、在村头巷尾扶贫路上的所见所闻。在这些所见所闻里,我看到了他披肝沥胆的激情、兢兢业业的投入,看到了他秉烛入微的体察、呕心沥血的思索。

王阳明曾经说过,"人须在事上磨,方立得住,方能静亦定,动亦定","人正要在此等时磨炼"。杨一枫的人生志向,正是想在事上磨炼自己,练能力、练素养、练本事,努力做到"知行合一",努力提升脚力、眼力、脑力、笔力,在扶贫事业中实现新闻理想,彰显家国情怀。

以知促行,以行促知。扶贫,要在现场。在滦平这个3000平方千米、33万人口的第一现场,杨一枫看到的、听到的、经历过的、体悟到的,都是最鲜活的。当第一场雪洒满贫困户家院子里的柴堆、冬储大白菜上,他在那里;当暮色降临炊烟升起,贫困户家大锅里开始沸腾时,他在那里;当春天的拖拉机推开第一方土时,他在那里;当贫困户报销完从医院窗口一转身时,他在那里;当记者们采访完,挥手告别离开村子以后,他还在那里……一位媒体人"扎"到田间地头、"扎"到脱贫攻坚最前线,会发生什么样的"化学反应"呢?

在这本《扶贫笔记》里,我们欣喜地看到——不仅立足于滦平,而且扎根于全中国的激烈反应——这里有走向小康的乡土中国,有活灵活现的各色人物,有农村生活翻天覆地的变化,有扶贫路上展示着绿水青山、鸟语花香的美丽中国,有"享受小别离"的感情在人生的路口挥舞着幸福的"黄手帕"。在这本《扶贫笔记》里,我们欣喜地看到,杨一枫的两种生命模式:一种是奋斗是工作,一种是体悟是哲理。工作部分他介绍了自己摸索出来的方法,哲理部分是他在扶贫路上的思想升华。我觉得这两部分是最难能可贵的:工作方法可以作为同是扶贫人的其他同志的借鉴参考,而他切入视角的独特,使得这种借鉴范围更广,可以延伸到扶贫工作之外的其他工作生活的许多情境，比如到陌生环境工作和到一线工作；哲理部分是这本书的精髓与核心，从工作到生活，从扶贫到家庭，从感情到理智，从亲情、友情、爱情到悲悯、大爱，从遇到的"冷风冷雨"到坚定不移，最后都融为一体，包容上升，化结成为一种力量，在新时代激荡。

自古以来，建设一个远离贫困、共同繁荣的世界，便是不同国家、不同民族所追求的梦想。在这里，滦平实践，正是一个真实的中国样板，为中国提供了可资借鉴的滦平经验。所以，这本书，是一个个农户的小故事，更是一个个由小故事汇聚成的大故事。我假想，如果有一位编剧把这一个个小故事融化提炼、修改创作，肯定可以写成一部贴近生活的、接地气的、打动人心的电影剧本。

这样说来，这是一本有用的书，也是一本好看的扶贫笔记。

伟大时代需要伟大理想，伟大时代造就伟大理想。此时此刻，交出了"扶贫笔记"答卷的杨一枫又出发了，他回到了他坚守的滦平阵地。波兰女诗人辛波斯卡在一首诗里写道："我们称它为一粒沙，但它既不自称为粒，也不自称为沙。没有名字，它照样过得很好，不管是一般的、独特的、永久的、短暂的、谬误的或贴切的名字。"在这种意义上，《扶贫笔记》不是一个人的一本书，而是一个伟大浩瀚时代在一滴水中焕发出的漫天光彩。

（作者为人民日报海外版副总编辑）

目录

故事

到我家来看看 / 2
看着就踏实 / 5
把日子过出滋味来 / 9
和马老师对话 / 13
浑然一体的乡村进行曲 / 18
贴得很近 / 22
村卫生所平静的一天 / 25
收割大白菜的喜悦 / 27
生活的劲头 / 31
如果我们躺在那里 / 34
生活把我们"包围" / 38
风雪夜归人 / 42
可爱的 93 岁的老人 / 47
最平凡的故事 / 51
自强不息的美 / 54
一方水土一方人 / 57

情感

清明时节雨纷纷 / 60
享受小别离 / 64
方阵里有你，也有我 / 67
值班的"天伦之乐" / 71
俺爹和俺娘 / 75
超越眼泪的心情 / 79
都变成了孩子 / 84
因为，我有你们 / 88
咱们都一样 / 91
一蓑烟雨任平生 / 94
从窗外看进去 / 97
等着我们去书写 / 100

风物

走过来的闪电 / 104
这里的谷，这里的"营" / 107
玉米地和旅游 / 111
酷冷和暴晒 / 114
普通话来自这里 / 117
滴水的村庄 / 121
炊烟袅袅的价值 / 124
"活"在今天的昨天 / 127

山戎文化烁古今 / 130
古道悠悠看古今 / 133
明清"风"过　史册觅踪 / 136
却把"聊斋"做民宿 / 139
绿水青山的奋斗精神 / 143

方法

觉得不对劲儿 / 148
做点儿什么 / 151
坐在村头唠唠 / 154
打开碗柜看一看 / 158
细节的魅力 / 161
重回"课堂"学习 / 164
时常关注是否发生 / 167
说接地气的话 / 170
看到就说 / 173
在看不到的地方 / 176
话是开心锁 / 179
初来乍到 / 182
记者式工作法 / 184
人生，奔跑起来！ / 187
名誉校长干实事 / 190
创建第一个官方抖音号 / 193

哲思

心灵是否也能"贫困"？ / 198
家，并不在别处 / 202
你抓过蝴蝶吗？ / 205
时光的变与不变 / 208
追求"干净利索" / 211
换位的幸福 / 215
奋斗式的休息 / 218
与痛苦和平相处 / 221
扶贫，也是扶己 / 224
扶贫的春夏秋冬 / 228
这里的早、中、晚 / 231

结篇

这不是庆祝，而是起航 / 236
别说再见 / 239

后记 / 244
　　附录　精准扶贫政策解答精选 / 250

「故事」

到我家来看看

滦平初冬的早上还是比较冷的,车窗玻璃上结了一层厚厚的霜。我犯了急性咽炎,站在石坡子村口,不停地咳嗽。一个小伙子打村口跑过,手里拿着一塑料袋包子,看见我站在这儿,便把包子递过来说:"没吃早饭吧,吃俩包子会好点儿。"一位穿花棉衣的大姐看见了,不一会儿拎来一个暖水瓶,说是让我"喝点儿热水,吃点儿东西再吃点儿药,好得快"。顿时,滦平的早上没有那么冷了,我的心里暖融融的。

暖融融的心情,伴着我的脚步,走遍了整个村子,一户一户,一个院子接着一个院子。

当转过一个胡同的时候,一位穿着亮面羽绒服的老大爷拦住了我:"你是从县城里来的吧?来串亲戚的吗?没事儿去我家坐坐吧。"我本着从城市里带来的几分警惕,和他聊了起来,老大爷朴实随和,让我放下了警惕,坦然地接受了他的邀请。

跨过洒满阳光的大院子,我踏上了漂亮的二层平台式台阶,走进了屋里。一台超大屏幕的液晶电视冲着一进屋的我"笑",沙发上铺着一张非常时尚的小鹿沙发布,我们在沙发上坐了下来："你们是来看贫困户的吧？我们家不是贫困户，可就是想让你们来看看我们现在的生活，看看我们的变化。"屋里充满阳光，我们聊了起来。老大爷家有三个女儿，二女儿在北京，大女儿和小女儿一个在承德，一个在县城。"三个女儿都结婚啦，经常带着外孙子回来看我。""您想他们吗？""顾不上想，我的舒服日子可忙啦。"给屋子增添时尚的设施并熟悉如何使用是老大爷的一项生活内容。这是一处四室一厅的房子，房子里电脑、彩电、冰箱、家庭浴房应有尽有。

"过去可苦啦，丫头们小时候一件衣服要穿五六年。有一段时间，天天吃熬白菜，一掀锅盖，小丫头就哭。现在变化太大啦，政策好，心气儿足，日子过得得（děi）劲儿！"老大爷边说边用手摩挲着自己袖子上闪闪的亮光，仿佛在咂摸着生活。

这时候，老大爷的一位老哥们儿登门拜访，平时乡里乡亲，串门聊天儿是老大爷最乐呵的事儿了。"我们除了聊天儿，就一起去村里生活比较困难的人家转转，看看他们有什么需求。毕竟我们也曾经穷过。"

故事 | 3

告辞的时候,我看到院子里有各种各样的"土玩具","这是我的爱好,从小就爱做个什么东西,现在都是给村里的小孩儿做,手艺还没搁下。"

在村里奔走,我最深的印象,就是微笑,无论是穿花棉衣的大姐,还是带我去他家的老大爷,甚至包括贫困户,每个人的眉头中间都是敞开着的。水涨船高,这水便是新时代,这船便是村民的微笑。正如习近平总书记所说:"调动各方力量,加快形成全社会参与的大扶贫格局。'人心齐,泰山移。'"

看着就踏实

村子里静悄悄的,村口一棵大树下安静地停着一辆三轮车。时光在这里和风吹树叶声一起,婆娑作响。

翻阅了许久的建档立卡户档案和佐证材料,直了直腰,站起来,去入户。

"王爱友,满族,1964年生人,因病致贫,妻子张淑芹患有脑梗,半身不遂,2013年识别为贫困户,2018年脱的贫。"在去往王爱友家的小路上,包户的陈伟峰主任条理清晰地这样介绍。平坊乡偏岭村离滦平县城比较近,一共有两个自然村。村子里非常干净,条条岔岔、沟沟坎坎,几乎看不见一丁点儿垃圾。

弯弯曲曲的小路尽头便是王爱友家了。王爱友不在,在城里打工,妻子张淑芹站在门口,冲我们微笑。她的左手弯曲在腰部,不能伸直,仿佛端着生命的坎坷,她方正的脸颊和微微向下的嘴角显示出性格的刚毅,眼角的皱纹并不多,当我夸她显得年轻的时候,她诚恳地说,现在生活好了,没啥操心事儿。

之前,我翻看她的档案,翻到项目内容一页,就有光伏合作受益、电商服务、兴春和分红等十几项收入来源。陈主任回

忆说，去年春节，他们来慰问，站在鲜亮红色的春联前，张淑芹幸福地说："这年前儿就收入了几千块钱，生活能不好吗？真的感谢政策好！"

张淑芹家里外两间，掀开里屋的门帘，一幅城里20世纪80年代风格布置的屋内模样呈现在眼前。喜庆的年画、红白亮色的脸盆、斑驳的脸盆架以及床板上印花的褥子，都让我仿佛回到了童年。驻村工作队、驻村第一书记和陈主任都与她非常熟络，他们就这样靠着窗、倚着门，热热闹闹地聊了起来，聊聊生活，聊聊儿女……

刚得病那会儿，她家生活特困难，有时候大年三十都吃不上肉，"我卖的这些货，那会儿别说吃了，见都没见过。"她用下巴向外屋示意。后来，扶贫政策伴着村里村外的扶贫人的脚步进入了她的家门，她的病一点点轻起来，她家的生活也一点点好起来。看病的钱、买药的钱大多数都能报销，还有帮扶责任人隔三岔五地来给他们讲解政策，保证他们完全享受政策。"身体好些了，就不能老闲着，我就和老伴儿合计着开个店，一是方便乡里乡亲，另一个是自家多点儿收入。说干就能干，说干就有人帮着干，政策好，干事儿顺。"

我在仔细询问了她家的状况后，找了个谈话间隙来到了外屋，因为刚才我经过这里，就留下了深刻的印象。这是一间小小的小卖店。与门平行而放的是一个小柜台，柜台很低，没有丝毫的压迫感。柜台上放着各式点心和面包，中间红黄纸包着的是我儿时最爱吃的桃酥，那种包装充满了儿时的色彩，好像包裹了村口大树的影子、春节鞭炮的红色纸屑，还有邻里乡亲串门儿的笑声……

柜台里有货架，也有自家使用的生活必需品，并不规整，但很"生活"，面袋子就堆在墙角。货品挺齐全的，都是乡里乡亲生活的必需品。

一开始卖货的时候，她们家就是卖给乡里乡亲，卖点儿牙膏肥皂啥的。2018年，她家加入了电商扶贫项目，乡亲来买的东西没有，张淑芹就会上网去县里的平台上调货，非常方便。如今，张淑芹也能熟练地在网上操作相关流程了，货也能卖到十里八村了。能上网，眼界就开阔，张淑芹的生活就多了许多"外面的世界"。谈话中她好几次提到了北京的广场舞大妈。

此时正是正午，小卖店里没什么顾客，但我能想象出乡亲们来买货的情景。闭上眼，深吸一口气，柴米油盐酱醋茶混合的味道，化成一股香味，一股脚踏实地的香味，绕遍了全身，驱散了多日以来的疲惫。

睁开眼，看着满腾腾一屋子的货物，心里就感到踏实。未来就这样从这满腾腾的货物铺展开去，铺展成一条脱贫之路，一条可以持续的脱贫之路，通向远方。

"一个健康向上的民族，就应该鼓励劳动、鼓励就业、鼓励靠自己的努力养活家庭，服务社会，贡献国家。"习近平总书记在深度贫困地区脱贫攻坚座谈会上的讲话，正在耳边回响。

把日子过出滋味来

斜阳挂窗。黝黑消瘦的脸庞在如糖浆般浓稠的红色里有着岁月沉淀的别样光辉，皱纹在这光辉中合理地堆积，坚硬而柔软，仿佛多年的酥状沉积岩。他就坐在炕上、我的对面，一只拐静静地靠在炕旁边的矮柜上。

"十几年前，腿刚刚被车轧断并被截肢的时候，我消沉过那么一阵子，觉着活着没啥意思。后来关心我的人越来越多，好多领导到我家来看过我，给我帮助，陪我聊天儿，慢慢我就想开了。"他的身形瘦小，但声音却很洪亮，激动的时候，桌子上的茶缸竟然发出细小的嗡嗡声。

他说得没错，与他见面其中有两次，都是跟随报社两位领导来看望他。大家都非常喜欢听他说话，话语质朴、条理清楚，又非常生动。

孙国忠，1951年生人，因本人与妻子都为残疾，2017年列为贫困户，同时享受低保。2018年已脱贫。

"不明白有的人为啥不知足，得了这个还想要那个，你看看我的院子，看看我的屋子，要啥有啥，够用了，现在又脱贫了，我特知足。"说这话的时候，老人有些激动，脸上皱纹的

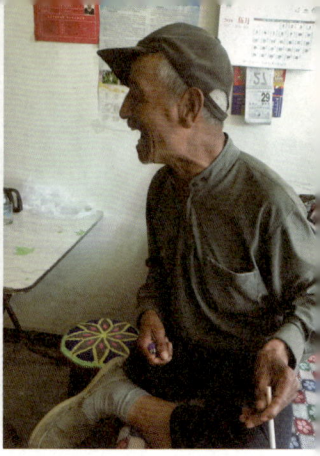

沉积岩瞬间绽放。"年轻那会儿腿还好的时候，使劲儿干也挣不上啥钱，住的房子冬天漏风夏天漏雨，吃饭有时候一个月只吃一种东西，别提多困难了。现在呀，我是特知足。"说着指着一个老式的已经不走字的小钟大笑着对我说："这是当时家里唯一的家电，一直舍不得扔，摆在这儿提醒大伙儿现在的日子有多好。"老人在幽默完之后还不忘自己那句"名言"——"我是特知足"。

老人家的房子是典型的河北民居，一排三间，中间是堂屋，两边是卧房，屋子里冰箱彩电一应俱全，除了火炕、柜子等一些老式的东西外，屋子里的陈设还是有些现代感的。

刚才来的路上，太阳很毒，晒得古铜色的皮肤仿佛冒出了烟。远远地就看见孙国忠老人家崭新高大的门楼，跨进门那红色屋顶和白色山墙构成的身影正在斜阳外俏生生地站着。院子里整洁干净，中间的一片地里种着整齐的蔬菜，三间房旁边辟出一个小间做储藏室，小间对面的石砖路一尘不染。正如老人所说，单看老人家的院屋，就给人一种生活欣欣向荣的感觉。

  咕嘟嘟、咕嘟嘟，我掀开堂屋里大锅的锅盖，里面土豆、粉条、烧肉正在奋力地翻滚着，"晚上吃烩菜呀？您做的吗？你们晚上几点吃饭？"孙国忠妻子张玉连看着我笑，并没有回答。孙国忠说，他老伴儿一般声音听不见，只有特别大的声音才能听见，"所以我就落了个说话这么大声的毛病"，老人边说边哈哈大笑。

  张玉连的笑特别真诚，也特别幸福，在屋里渐渐暗淡也渐渐浓郁的红光里异常灿烂。当我拿起手机要记录下这一刻的时候，她不好意思地偏过了头，瞬间青春光泽仿佛重新爬上了老人的脸。

  曾有同事建议写一写贫困户的家庭收支情况，让读者从数字方面了解贫困户脱贫的状况。

  家庭年纯收入＝工资性收入＋生产经营性收入＋财产性收入＋转移性收入－生产经营性支出，用这个公式推算，孙国忠老人2017年家庭纯收入是4363.6元。而家庭年人均纯收入为2181.8元。孙国忠老人丧失劳动力，老伴儿张玉连在村里的扶贫公益岗上班，主要负责村子片区的卫生保洁。我在帮扶成效表中看到了好几页针对他们家的帮扶措施。

指着院子里铝合金做的、类似运动会流动厕所的冲水厕所，驻村工作队的刘承祥告诉我，这是几年前农村厕所改造项目时建的，利用家里的机井水冲刷厕所。像这样的惠民政策经常会有，不但惠及贫困户，也能惠及普通农户。

要走的时候，孙国忠老人热情地留我，拉着我的手在院子里又聊了许久。他还记着我刚才的问题，说他家吃饭没有准点儿，想什么时候吃就什么时候吃，看外面天气好，就去村里或是田间地头遛遛，看看有没有啥事儿可做，回来坐在炕头和老伴儿边大声聊天儿边吃饭。

"你说我为啥这么精神？"孙国忠老人说话有点儿像说评书，先来个类似"各位看官您猜怎么着"的设问，然后再自己回答："那就是心态好。我没文化，但我起码懂个道理，党和国家给了咱们这么好的政策，咱们就得对得起这新时代，咱就得好好活，好好地过日子，把日子过出滋味来！"

出了院门，天边只剩下一抹嫣红，整个于营村正在醺醺地享受这黄昏的宁静。回过头，两位老人还站在门口，渐行渐远，他们的身影仿佛缩成了两个符号——幸福而坚定的符号。

和马老师对话

为了更好地推进帮扶工作，人民日报社与阿里巴巴集团多次对接，它的扶贫项目纷纷落地滦平。2019 年 3 月，我来到了乍暖还寒的杭州，进入了阿里巴巴总部，参加了一个"培训班"。

穿上黄色的"校服"，来自各地的县级领导，都感觉回到了学生时代。早上，天开始下雨，我们打着伞进入阿里巴巴的主园区。阿里的对接人刘毅撑了一把花伞，热情地在一旁为大家介绍阿里园区的情况，同时介绍"同学们"互相认识。

刘毅性格温和，说话风趣，身上自带一股阿里的"电子风"。他说，他们平时开会、工作、党建都离不开网络，比如他在北京的分部想在杭州总部开会，预定会议室时会在平台上根据会议的人数、内容"下单"，网络平台会以最高效的呈现方式提供服务；预定好后，会议室的电子屏上显示会议召开人以及召开时段，避免了撞会的可能；快到时间时，他会收到钉钉上的信息，提醒他马上开会了；会议时间快结束时，会议室的电子屏幕也会提醒，会议该结束了。

细细的雨幕罩不住我们听介绍时的惊喜，那是对不远的未

来生活的憧憬。"出差用车都是这样,出差的审批程序都是在平台上,线上的支出会自动归于自己的名下。"刘毅的介绍,开启了我们一段神奇的"学习"之旅。

阿里的扶贫内容大概分五大类:教育脱贫、女性脱贫、健康脱贫、生态脱贫、电商脱贫。这些脱贫的内容就是我们的"课程",其实也是一个扶贫项目的对接过程。整个课程,都充满了阿里特色,让电子商务与扶贫融二为一。"那些山区的一阵阵风声、一声声鸟鸣都可以放到线上,成为很多人睡前耳中的催眠曲。而这一阵阵风声、一声声鸟鸣又唤发出山区人的发展动力。"这样生动形象的畅想和电子化授课手段将我们包围,不知不觉中充实地度过了一周。

马云会来,一周前,"同学们"就这么说。

最后一天,中午,饭后,我打了伞,一个人去园区转转。办公区集中在一侧,形成一个不规则的长条形。园区内偶尔会看到一座雕塑,具有后现代风格,通过体型的庞大和线条肌肉的夸张来展现力量和思想的魅力。刚在心底赞叹阿里的现代风范,便一脚踏入江南的油菜"花海"。油菜花正在盛开,满眼

的明黄色在雨中铺延开去，一条木栈道随着花的铺延一头扎进明黄色中去。栈道曲曲弯弯，一拐一片小小的湖面，一拐一座静静的木桥，再一拐一座茅亭在雨中悄悄伫立仿佛等待着渔舟唱晚。这分明是缩微的西湖、小小的江南。

园区里一路走来，伞下的我，感受到一种充实的淡定，那是一种云在肩上的淡定，身处红尘，眼在天边：既有现代的繁华，又有风来不动的淡定！

下午5点左右，"教室里"、走廊上，"同学们"正在热烈讨论，我站在走廊，背靠着标有"光明顶"的墙，正向蔡崇信基金会张正华女士介绍人民日报社对滦平县的帮扶情况，突然一队人从我身边经过，因为个子较高，所以能看到人丛中穿着深蓝色长袖圆领衫的男子正在微笑。后边的人急切地对我说："马老师来了！"

马老师的出现，仿佛在被暴雨砸得沸腾的小湖面上驶入了一条船，瞬间，一个个讨论的小"漩涡"不见了，而形成一条欢笑着的热烈的"暖流"向"教室"前拥去。

当工作人员匆匆布置会场的时候，马老师就微笑着坐在那里，安静地看着人影在面前过来过去。看到这一幕，那在雨中园区产生的淡定感，此时在我心底奇妙地发酵了。

故事 | 15

对话开始了，我是最后一个。感觉前面的气氛有些激动有些拘束，我一上来便和马老师开了个玩笑："也该轮到我了，因为他们都说我长得像您。"等大伙儿的笑声稍歇，便接着说："我和刚才那位县长一样，今天很紧张，因为我是听着阿里巴巴的传奇长大的，有人会说你小时候还没有阿里巴巴呢，我说我是听四十大盗那个阿里巴巴长大的，不过现在这个阿里巴巴比那个阿里巴巴更有名！"大伙儿又是一片笑声，马老师也笑了，笑得是那么爽朗，那么和蔼，他边笑边说："谢谢你。"

本来计划 20 分钟的对话，却变成了一个半小时。我们都深深地沉浸在马老师清晰、幽默、深沉的演讲中。"中国正在做两件没有人做过的伟大的事情，一件是反腐，一件是扶贫。"听着马老师的话，我此时心底那种淡定，已经更加明晰了，我已经感受到马老师智慧的源泉来自哪里。

后来的谈话，还有和阿里的合伙人之一孙利军的谈话都让我留下了深深的印象，那是一种阿里风范，也是一种阿里文化，但让我具体总结出来，我又总结不出来，非要描述的话，我只能用四个字形容，那就是——淡定、务实。

浑然一体的乡村进行曲

雨下得正紧,我们一行数人打着伞匆匆走在乡间小路上。如今,于营村发展很快,崭新的路面在雨里竟然熠熠闪光。小路两旁是山的味道,树、草、花都在吞吐着清新的芬芳,田地欢笑着,尤其是玉米,有的"笑"弯了腰。雨打着伞面,咚咚作响,那是乡村交响乐中最生动的部分。

沿着小路一直走,穿村过巷,我看到前面赵振清书记后背白色衬衣已经湿了一片,赵书记浑然不觉,仔细地询问着,建档立卡贫困户的回答与院子里的雨声一起构成乡村工作的进行曲。

经过一片玉米地,路旁有一处庭院,高高的院墙,满院子整齐的菜蔬,正是已经脱贫的陈广春家。陈广春,男,1979年生人,妻子王雪莲,有一子一女,儿子陈纪勋已经上高一了,女儿陈禹涵在于营村幼儿园,马上要上大班了。当初是因学致贫。

当资料变成现实,变成活生生的生活在你眼前展现的时候,我们总会感到震惊,被平凡震惊,被普通震惊,被与我们如此相近的生活震惊,被我们自己震惊。因为下雨天这次与这家"邂逅",一种融合感让我又多次到他家拜访。王雪莲站在

串珠门帘前,和我们聊天儿,还有一串珠子搭在她肩膀上。说起当年的贫困生活,她说得非常实在,但又非常形象,我很少听到这样可以让我们身临其境的对话。她说起小女儿刚出生的时候,大儿子上学雨天早上背着饭盒打着伞消失在雨中的时候,竟然颇有文采,让我们既觉得感同身受,又觉得颇有滋味:饭盒里的粉条香香地爬在米饭上!

　　县里给陈广春安排了护林员岗位,年收入8000元,同时享受兴春和入股分红一年600元。这个下雨天陈广春不在家,他经常在外打零工。说到打工,关于市场需求、企业发展,王雪莲竟然能说上几句,而且说得很朴实,"国家发展得好,我们生活也好"。王雪莲回忆起过去的时候,外面的雨淅淅沥沥,"每天一到做饭就发愁,有时候是有粮没菜,有时候是有菜没粮,吃肉成了一种念想。家里除了桌椅板凳,啥也没有,来串门儿的人多了,都得站着。现在可不一样了。"外面雨显得"更加着急"了,屋子里还在上幼儿园的陈禹涵却非常惬意地享受着她的假期,她用两手支着沙发,身子后仰,两腿伸直,嘴里嚼着零食,正在兴致勃勃地看着电视,对我们在旁边毫不在意。

走出陈广春家,跟着赵振清书记接着在雨中进入一户一户的"温暖"。围坐在屋里,大伙儿倾听贫困户的心声,询问贫困户的困难;站在山墙后,赵书记指着山墙,询问危房改造情况;走过泥泞,看到一排排牛棚,赵书记询问牛奶的产量;捧着破了口儿的玻璃杯,赵书记拉住老人的手;门外靠墙的一排排雨伞,默默地聆听窗内的暖语……

我站在雨里,静静地接受乡村味道的洗礼。一幕幕的场景、一个个的片段都和着雨声向我涌来,有一种说不出的感觉浮上心头。扶贫、干部、山、村子、门框、群众、草、玉米上的雨珠、芹菜、水缸、农户的冰箱、现代的元素、乡村的风情……这一切、这种种此时都特别自然地融合在一起,打破了来这里之前的有些人口中的一些不良现象里的那种刻板那种隔阂,工作和生活、人生和理想、干部和群众、成人和孩子、现在和未来、你和我都不再是孤立的,不再是两张皮,不再是分开的,而所有的所有都是那么自然地融为一体,与这音乐般的雨声一起叮咚作响!

正如我前些日子悟出来的一样:其实我不只是在教育孩子,我也是在教育自己;其实我不只是在陪孩子成长,我也是在自己成长;其实我不只是在为了生活而在工作,我也是在为了工作而在生活!

贴得很近

笔直的马路向前，路两旁层层叠叠、美不胜收，先是五颜六色的花带，然后是从深绿到嫩绿的绿色带，时不时地会看见巨大花团图案和各种造型相互穿插辉映……刚来滦平的人都会感叹这里的美丽和变化。

近年来，滦平每天都在变化。我刚来的时候，从下班习惯走的一条路上开车过去，想改变一下线路，于是没有右转而是直行到第二个路口，结果被堵在了那里，再加上我的技术不太好，掉头掉不出来，前进前进不了，一直搞了两个小时才出来；而如今，再经过那里的时候，道路宽敞、红绿灯分明，周围各种违建拆除彻底，在上面行驶，心情非常敞亮。

听多年前来过滦平的北京朋友说，滦平县城原来街道狭窄，路两边看不到花草，一片灰秃秃的景象，站在附近的山上往下看，一排排平房，灰不溜秋挤在两山中间。而如今，彻底变了。一次雪后黄昏，我站在南山山顶，向县城望去，但见咖啡色高楼在离我较近的地方鳞次栉比，与周围群山和谐掩映着一路向县城中心所在的山谷"游去"，很快就融入两山中间的一片灯海中，环路像一个五彩缤纷的光圈将繁华的灯火圈住，在一座座灯彩中间流动着一道道"光河",那是行驶中的车流。而光彩中到处点缀着白绿色,白的是雪,绿的是松柏,那是一个个精巧的街心公园。

去一个村子调研,工作之余,想到河边伸伸胳膊动动腿,休息一下,发现那里有一堆垃圾,于是后来在村口碰到工作队便告诉了他们,后来又多次去过那里,再没有发现那里有垃圾。据说他们经常开现场会采取很多办法,让整个村子里的绿水青山更绿更青。

来滦平后,我发现我们的工作离我们老百姓自己的生活特别近。也许今天上午的会,下午在街边就可以看到成效;也许刚才读过的文件,现在在村里就马上能用到。

雨中,县长于山在翻看贫困户的档案,现场寻找一处房屋的信息,他看着旁边院墙上方的坡土,询问相关部门土层和雨量的相关数据,然后提出做一个加固。过了几天,再到那里看时,加固的水泥面已经稳稳地"护着"院墙了。出来进去,看资料、谈工作、交心,无论做什么,心里都很踏实,因为就在"生活的边上"有一堵结实的墙,工作的成果就在身边,工作的汗水随时都在收获。

基层工作，有时千头万绪，很繁杂，但那种贴得很近的感觉却让那种千头万绪变成一种踏实感，伴随着自己牢牢地迈出一步又一步。

冬天里一次开常务会，会议刚开始的时候，下午的太阳正在偏西的方向静静透过窗子洒进一抹光辉，而结束的时候已经漫天星斗了，回去的路上，两旁的楼房只有一两户还亮着灯光。县委的常委会和政府的常务会非常务实，涉及民生的方方面面。"昨天路过某某街拐角时，看到施工工地周围有比较大的烟尘，现在马上联系洒水车去洒水。"于山县长在解决完一个议题的时候提出了这样的要求。

会议解决了一个又一个实际问题，关系到百姓生活的方方面面，成沓的资料看着墙上的时钟从五点到八点再到十点，会议结束后，于山县长直了直腰，和身边的人开玩笑说，给咱城市洗完澡，回去也好好洗洗自己。

走在滦平的大街上，四周静悄悄的，桥下的河水默默地流着，整个城市都在安睡。身边的一花一草，身边的路灯街道，以及整个安详睡着的城市，还有远处群山暗影下的那些小山村，都和我们每天的工作息息相关，它们的变化、它们的发展、它们的一切都和我们做的事情那样近，这种感觉让我安静地愉悦，摆脱人生的烦恼。

村卫生所平静的一天

夏初，我独自一人去了一趟村子里。从一条小路可以插到村子的中间段，这条路把整个村子分成两半，我便一半一半地走。这个村子坐落得比较整齐，一条笔直的村路，两旁是人家，右边人家靠着山。

天气正热，一条小狗躲在一辆白色越野车下面，吐着舌头，越野车靠在一所看着比较不错的房子旁边。现在农村越来越富了，老百姓生活越来越好了，我边想边走边擦着汗。来来回回走了两趟，村前村后的情况基本了解，房屋布局、卫生情况、垃圾池和垃圾桶的位置、犄角旮旯儿是否干净等都做到心里有数，于是就准备离开。

这时看到村卫生所，就在民舍中间，一位大爷站在门口抽着烟，看见我走来走去，就主动搭话儿。他说，这个卫生所的大夫可"灵"了，中西医都会，有个慢性病啥的，一看就好，接着还问我要不要进去看看。我想工作方式灵活点儿没啥不好，再说卫生所是一个村子民生重要的部分之一。于是就跟着大爷走了进去。

卫生所的院子和普通人家的院子区别不大，唯一的区别就是除了日常的簸箕、笤帚、自行车、一些破箱子之外，还在大太阳地儿晒着很多草药。进到一层，一共有三间房，左手是药房，

一排排中药柜在窗子外照进来的灿烂光影中散发着特有的香味，闻到这样的味道人的心马上静了下来。右手是个套间，里外两间，里间是检查室加西药室，村医的女儿正在为人拿药。外间是诊疗室，双颊红润、长着寿眉的村医正在为一位患者诊脉。卫生所给人最大的印象就是干净明亮。

　　村医的爱人从楼上下来，邀请我上去看看。我说："合适吗？"她说："没事儿，我们村里就这样，楼上就是我们家，楼下其实也是我们家，乡里乡亲、病人非病人的都上上下下的，随便串门儿。"我走上楼，第一印象还是干净明亮，有一个细长的阳台，干干净净的，外面就是青山，此时正反着亮亮的光"对着我笑"。

　　这样的"医院"离生活真近，不像大城市的某些大医院那样冷冰冰地拒人于千里之外，我正这么想着，便看到墙上一排排的奖状，村医的爱人骄傲而谦虚地告诉我，这是孙子和外孙女所获的三好学生之类的奖状，我边夸赞边仔细地一张一张看，看都是什么奖，看几等奖，看什么时间获的奖……中午的阳光在墙上悄悄爬行，那窗格的光影轻轻抚摸着这些奖状，这是孩子们生活的主要内容啊，也是这一家人的天伦之乐啊。

　　正看着，有邻居来串门儿，我便告辞出来，走到门口，看见有几个孩子在门口玩耍。我回头看见窗内正伸着手腕治病的患者的脸，那张脸没有太多愁容，更多的是平静，这平静正与外面的山、楼下的药柜、楼上的奖状、来来往往的邻居、门口的孩子融合在一起，组成了乡村日常生活的一天。

收割大白菜的喜悦

左手抓住白菜，右手举起刀，悠着劲儿，向白菜根部砍去，再换个角度砍一刀，一颗大白菜便带着泥土的芬芳"出土"了。干了一会儿，站直腰，用手挡住刺眼的阳光，望着四面挺着胸膛的绿色，仿佛闻到了饭菜和生活的味道，而这味道与胳膊的酸疼融合成一种神奇的喜悦。

杨树沟门村，在这一条沟的最深处，几个自然村沿着路自然分布。村子里的红顶屋子特别多，远远地看去，给人一种焕然一新的感觉。

往前走，一辆超大的货车停在路边，好几个人正在忙上忙下地搬运大白菜。货车车厢的一边完全打开，两位戴着手套的大嫂正在忙着过数和码放。此时，车厢的小一半已经堆满了大白菜。那菜看着特别精神，个个饱满、个个水灵。

视线就仿佛是一条逆行而上的线索，从"水灵的白菜从哪里来"切入，流向了一辆从路的另一边菜地里开来的小车，小车从绿色中"突突"而来，开到货车边上停下，一名大汉把小车上的白菜成堆地搬下，送到货车上大嫂的脚边。

开车的老爷子趁着大汉搬运的当口儿，下了车，掏出一根

烟，往路边的水泥墩上一靠，深深地吸上一口，然后缓缓地吐出，一个大大的烟圈将他脸上岁月的堆积笼罩。那种堆积，不显得疲惫，而显出一种在深邃和沉静中的喜悦。

　　这样的表情吸引了我，于是便和同行的人慢慢地走了过去。同行的小伙子掏出一颗烟递给刚刚抽完烟的老爷子，老爷子毫不忸怩地接了，说了好几声"谢谢"，然后就着小伙子举过来的打火机，点燃了烟，习惯性地深深地吸了一口。

　　老爷子71岁了，身体特别硬朗，这几片菜地都是他的，而且大部分都是他种的。老爷子家曾经因学、因病致贫，好几年前就脱贫了。一家十口人，如今已经分户，"各家挣钱挣自己的，挣了钱归他们自己，不过吃饭呢都到我这儿来吃"。说这话的时候，老爷子在笑，看那样子，绝对不是抱怨，而是自豪。

　　老爷子说他有20亩地用来种大白菜，忙的时候就雇一两个人帮着弄，不过大部分都是他自己打理。"你看我现在身体这么好，过去可不行。"看着其他人都到另一边去看车里的白菜，老爷子就仿佛透露秘密似的对我说："过去我有心脏病、

气喘病,肠胃也不好,阴天下雨了还犯风湿。别说在这儿干活儿了,从村头走到村尾我就喘得不行。"后来,扶贫政策来了,精准扶贫的春风吹进了生活的点点滴滴,看病、治病都能报销。"96%的报销是实打实的事儿,真的是再好没有了!"老爷子还能在县中医院看到北京中医院的专家。再加上儿孙满堂,也让他挺省心,帮扶责任人和乡亲们与他来来往往、说说笑笑,心里一宽,"这身体呀一天比一天好,这不,我现在天天干活儿都不觉得乏。"

这时候,正有一位大嫂在地里收割白菜,她割下来,老爷子装到小车上再从地里拉到货车这儿点数,卖给来收菜的公司。今年大白菜收成非常好,老爷子说:"一亩毛产能达到两三万斤,净产一万五六,一斤卖一毛八到两毛。"我用录音做记录,录到这一段的时候,老爷子笑着插了一句,"去年能卖到七八毛",不过他说虽然去年挣的更多一些,市场就是不断变化的,明年还会上去,价格起起伏伏,不影响他家日子过得滋润。

老爷子特别自信,而我能看出来,这自信来源于生活,来源于劳动,来源于眼前这欣欣向荣的菜地。

故事 | 29

我对老爷子说,去他菜地里看看,老爷子说没问题去吧,他在这里等着卸车。我到菜地里,和大嫂要了一把多余的菜刀,向大嫂请教收割的方法。可能从小就曾和庄稼打过交道,我很快就上手了。看着一棵棵大白菜从我手底下"拔地而起",带着泥土、带着充实、带着踏实,被整齐地码放在小车上,我不禁长长舒了一口气,心底感到无比舒适。那种舒适与身体的收紧形成了来自内心深处的一种喜悦,这喜悦是神奇的,是真实的,也是长久的。

下乡的时候,在不影响他人劳作的前提下,我往往会参与干一些农活儿,不为别的,只为那神奇的、真实的、能持久的喜悦。

生活的劲头

　　第一次见着他时，他正在干活儿，头发上都是泥，洗了多次的蓝色工装褂上沾满了泥点儿，裤管儿挽了起来，一双胶鞋显得很大。

　　第二次见着他时，他正在干活儿，没有上次那么多泥，但还是像上次那样，虽然衣服很"累"，但人很精神，黑红的脸膛儿透着朴实。

　　天下着小雨，我们两人"悄悄"进了村。村子里平时人很少，下雨的时候更是只有密密的雨帘，四周的院墙和柴堆都默默地沐浴着"湿意"。

　　轻车熟路，几个拐弯儿，便到了李德家。他们家的房子很气派，也很干净。院子里的大白菜特别醒目，一棵棵站在雨里仿佛在说明着什么，看到它们，不知为什么我就觉得生活特别有滋味。它们挺着胸，看着我们走进屋里。

　　敞亮的堂屋，各种家具一应俱全，两边的厢房都隔着门帘，那门帘是红色绒布，上面还绣着花儿。这门帘隔着的是日常休息和其他活动的生活，这不算什么，好像并没有隔开什么。不过，在我看来却多了一点儿生活滋味，就像《红楼梦》等名著

里写的那样，帘子一掀，笑声传了出来，只有一只纤纤玉手露了出来。

这里没有什么温香软玉，这里是大白菜，这里是型煤堆，这里是火炕，这里是大灶，这里是带着土腥气的生活。

李德以前是当兵的，人很结实，头发特别硬，一根根向上竖着，我有趣地猜想他要冬天戴帽子帽子会不会悬在头的上方。

"过去那会儿是既愁吃，又愁穿，还愁烧（火）。得个病就更倒霉了。"李德说话特别快，嗓音也粗，所以我习惯搂着他肩膀听他说话。"我家这贫困户就当了一年，帮扶政策多，政策好，我们很快就脱贫了。缝缝补补时代一去不返了，那会儿吃饭能吃饱就不错，现在可要求高，口感、品种、质量都能保证。感冒发烧硬挺着、小伤口撒一把香灰的情景好像是上辈子的事儿。前两天住院特别方便，挂号、检查、报销都不用走几步路，很顺，统共算下来自己都花不了多少钱。这样的日子，不得好好干吗？"说这话的时候，李德显得特别地有力，我能从他身上感受到那种生活的劲头儿。

李德家一共三口人，他、媳妇儿和儿子。2009年媳妇儿遭遇车祸，致使股骨头坏死，做了多回手术，于2014年被列为贫困户，2015年脱贫。

他家享受的政策有耕地地力保护补贴854.99元，入股兴春和分红600元，养老保险金1348.2元，获得土地流转收益（光伏占地）3950元。医疗保障方面：享受先诊疗后付费和一站式服务，享受家庭签约医生、免费体检和慢性病签订服务。

李德用整个手掌，斜着抹了一下自己头发上的一点儿雨珠，叙说着家里平凡而生动的故事。我之前发现的他的生活劲头儿，并没有随着时间的流逝而消失，而是始终弥漫在他周围。干活儿、吃饭、睡觉、收拾家，最最平凡的生活，却让我发现了和《红楼梦》不同的诗意和意境。

说起儿子李占营，李德脸上露出了憨憨的微笑，他说，他儿子在国信电子票据平台公司工作，2017年秋天到2018年初秋，收入了10多万元呢。

离开的时候，看了看李德新修的院墙，在雨里透着一股石灰味儿，新新的，和大白菜对望。

如果我们躺在那里

我握着他的手，说了很多话。当我们沉默下来的时候，我开始观察他的周围。他的枕头边，放着两本杂志，封面已经发黄卷曲了。我抚平卷起来的页边儿，一本是20世纪90年代的《知音》，另一本是《读者》，里面的很多页纸张已经翻烂了。

我眼前这位躺在床上、不能行动的人叫陈涛，马营子乡南大庙村的贫困户。他于2010年10月患骨髓瘤，手术后瘫痪卧床，生活不能自理。妻子在其瘫痪后离婚，女儿陈海岚2019年7月毕业于哈尔滨科技大学，在北京一家公司实习。目前80多岁的父亲陈建华、母亲尚淑兰照顾其生活。

第一次去他家，是一个明媚的早晨。冬天的风在阳光里暂时停下脚步，让枯树枝上最后残留的几片树叶得以喘息。山村里很安静，仿佛知道这短暂的上午之后会有如命运般琢磨不定的寒冬。

掀开门帘，一眼便看到了床。因为这床是整个屋子的核心，床上躺着的就是陈涛了。站在"核心"旁四望，但见整个屋子里面都贴着报纸，他告诉我，这些都是他曾经读过的报纸，他既可以看到这些曾经的"伙伴",也可以用它们来御寒。屋子里非常乱,到处都搁着瓶瓶罐罐,显得有些"破败",一台炉子站在凌乱中间,吐着热气,却将这一切烤得有了些生活的温度。

如今,他们家的基本生活是有保障的。陈涛是建档立卡贫困户,2014年识别,目前未脱贫,其享受医疗保险代缴250元、庭院保洁补贴3000元、企业入股分红每年1200元等系列扶贫政策。同时,于2011年享受低保待遇,其家庭享受全户全额低保待遇每月720元(当前普通低保为每人每月220元),并享受残疾人生活、护理补贴每月126元。

我拉着他的手,与他交谈,向他和家里人询问了相关情况。当我看到他枕头边翻烂了的杂志的时候,我沉默了。我在他床头坐了许久。

设身处地地想想,他得病那一段日子,每一天每一刻都在想什么,都是怎么过来的。听说他以前也是做生意的,家里的状况也比较好,他还很喜欢看书,突然天降大病,高位截瘫躺在床上,妻子毅然决然地离他而去:"生活很残酷,和书上说的不一样,我也是人,我要生活,我不想被

拖累……"她走了,也是在一个冬天。那时女儿还小,妈妈的离开让女儿哭了一个星期,未来怎么办?他的父母,没多说什么,也没有哭天抢地,而是重新和儿子住在了一起,开始照顾他的生活。

终于,女儿长大了,也上了大学,女儿离家上学,家里人却多了起来。扶贫的春风很早就吹进他家的门槛儿,一个一个政策,一拨一拨扶贫人掀开他家门帘"走"了进来。他愿意人多,愿意热闹,愿意有人和他唠嗑。

此时人们就围着他问寒问暖,他开心了起来。我回过头看他的父母,父母的眼睛总是围着他的床转,眼神流露出爱怜和寂寞。是的,那是老人的寂寞,也是陈涛的寂寞。

我看到窗外,树上几片最后的黄叶,我想,陈涛躺在床上那个角度平时就是看着这个景象的。平时,我们不在的时候,家里没有其他人的时候,他看着窗外的树叶,在想些什么。

如果我们也躺下来,像陈涛一样,不能起来,只能看着窗外,挨着过时间,时间一秒一秒地过去,就像一个砂轮在磨着自己的心,那该是怎样的煎熬!"好吧,想想过去,爬树掏鸟窝的少年,蹬着车子在小河旁的小路上大雨里狂奔出青春律动的青年,扛着小女儿后面跟着妻子漫步在县城公园的中年,接着想?不,那时我站着,那时我能奔跑,那时……不,不能再想了!"痛苦,痛苦像一张网网住我们。

怎样度过每一天是陈涛最大的课题,我不能问他,但看到他枕边翻烂的杂志后我可以这样断定。如果,躺在床上的人是我们自己,我们该怎样走出这痛苦,该怎样慢慢适应躺在床上的岁月,该怎样度过那像刀子一样的但又宝贵无比的时间?是的，是思想、是信念、是知识，是这一切化成的心灵力量。

可是，空想是很难达到这个目标的，而读书不但是通往这个目标的一条康庄大道，而且是消磨时间的最好良方。试想，躺在那里，吃完母亲做的稀粥，打开一本探险小说，我们沉浸其中，跟着里面的人物上天入地，揭开各种神秘的面纱，我们是不是真的会在那一刻，飞出了这张床，飞出了这个小屋，飞到天涯海角，领略不一样的生活滋味，我们甚至比很多健康的人的思想还走得远。电影和视频也很好，但对于需要想象的人来说，还远远不够。

从陈涛家出来，我便有了个想法，像他这样的人肯定还有，能不能为他们建立一个提供图书杂志等"精神食粮"的长效机制。我把这个想法向报社办公厅汇报了，办公厅主任郑剑、副主任丁华国、扶贫办主任高昂肯定了这个想法，并给予了很大支持。

我们开始摸底排查，第一遍人员清单，共5000名，里面存在不识字和个人意愿不符的人员，经过再次甄别摸底，得到了一份140人的名单，名单里详细列出了这140人的残疾程度和所需图书类别。这份名单提交上去了，办公厅对接出版社和图书馆，同时发动全社捐书。如今，这个活动正在如火如荼地进行中。

如果，明天，也躺在床上；

如果，明天，超出了想象；

如果，明天，我们必须道别；

那么，今天，就让我们一起

走进阳光！

生活把我们"包围"

山前灯火欲黄昏。

第一次到山前村的时候，还没到黄昏。

下午的阳光很灿烂，不过并不暖和。

第二次到山前村的时候，是在上午。

村子里静悄悄的，村路上一个人都没有。

第三次到山前村的时候，还是上午。

第四次……

第五次……

有几次不是黄昏，但"山前"的感觉，比前两次都要浓厚。主路旁立着一块大石，上刻"山前村"，大石后是一座宽阔的桥，桥下的河很宽，据说以前可以走小轮船。此时已值隆冬，两旁等待春天的芦苇在风中瑟瑟作响。过了桥，是一条笔直的道路，道路尽头便是一座村落，村子后面衬着的就是黛色的山。这村子很长，沿着山的走势绵延着。村子里的基本构造比较简单，一条长长的村路，两旁是民房。村子里很干净，白墙红顶的房子随处可见。

了解一座村子就要走进去，入户，进入村民的生活中去。

到史绍云家时，太阳又往下落了些，斜斜的阳光照在院子里的墙上，反射到院子里整齐的玉米堆上，也反射到鹅棚里的大鹅身上。看得出来，这家的主人很勤快、很能干。

史绍云，72岁，满族，很早就得了半身不遂的病，他家2013年被列入建档立卡贫困户，2017年脱贫。他的致贫原因填的是因病和缺乏劳动力。他有两个儿子一个女儿，不过现在都分家了，户口上就俩人，他和老伴儿冯玉芝。

我们一进门见到的不是史绍云，而是冯玉芝。

站在堂屋里，看了看周围的环境，家里不算富裕，但应有的家具还是全的，这时，听到右手里屋的声音，一位老人掀开门帘。

她脸膛儿有些黑红，脸上的皱纹很多，眉头处很深，身体比较单薄，穿着一个暗色的普通布面棉褂，看到我们她有些迟缓地笑了笑，两个手下垂着，手指攥着袖口儿，紧紧地。

经过她的许可，我们进了里屋，炕上有个三岁左右的孩子正在呼呼大睡，屋子里有些凉，可孩子脸还是红扑扑的。按照经验，我用手一摸炕，炕面不热，但也不凉，还有些微的余温。炕，确实是解决北方农村过冬问题的一大"神器"。

故事 | 39

"淘得要命,平时我们都锁上院门,因为我根本追不上,一转眼就跑没影了。看他,真累。"说这句话的时候,老人脸上却反而绽出了笑容,脸上那一层层的皱纹也绽开了些。我说:"不过您还是高兴吧?""是啊,你说得没错,高兴,其实也不觉得累!"她说这话的时候,声音很大,我赶紧说,咱们这么说话会不会吵着孩子,她说不会,这孩子能闹能吃,沾枕头就着。

我回过头,看着还在熟睡的孩子,又掀开炕褥一角,发现一共有两层,一层是薄薄的褥子,一层是毡垫儿,想着炕烧起来的时候,这厚度确实够了。炕上还有个塑料马,那是他的玩具吧?他在做什么梦呢?是刚才在院子里打滚儿的梦吗?

我走到厨房看看,看看旧炉子,看看熬菜用的大锅,再看看堂屋的边边角角,突然有了种奇怪的感觉,感觉一切都很熟悉。是那个玩儿困熟睡的孩子,还是站在一边看着他的奶奶,还是那面大炕,还是那可以烤土豆的炉膛?走进生活,变成生活。

看到我这样,冯玉芝也随便了一些,她紧攥着袖口儿的手指也松了下来。我们开始坐在另一个里屋聊了起来。这时,史绍云回来了,也掀开帘子进来加入谈话。窗外渐渐暗了下来,冬天的味道,伴着大白菜的味道在这间高大结实、看着有些气派的屋子里弥漫。

史绍云拍着我身后的墙说,这个位置以前也是西墙,是土坯的,用手使劲推,都能倒,得用两个粗木棍支着,全家人都得躲着它走。整个房子当时都是土坯房,下雨天,外面下大雨,屋里就下中雨,外面雨停了,屋里还在滴滴答答。一到下雨,屋里就摆着大大小小好几个盆,都没地方下脚。"后来危房改造,住上了这么好的房子。现在政策真好,感谢党感谢国家。"冯玉芝说得很实在,"要不是住上了这么好的房子,二小子到现在不还是说不上媳妇儿?"我环顾了他们家现在的房子,结实、漂亮,雪白的墙面透着那么亮堂。

他们家二儿子三十多才结婚,这在农村算晚的了。冯玉芝看了看我,问我孩子多大了,我说两岁,她就说,城里三十多不算晚。我笑了,大伙儿都笑了。

我们坐在那儿聊着,一会儿有人出去,一会儿有人进来,就像过年间的村子:串门儿,家家户户来来往往,聊着谈着,生活就这样在四周紧紧把我们包围。

风雪夜归人

雪细细碎碎地下了起来,我记得古时候称这个叫霰。

这是大雪的前兆,天非常阴,仿佛紧贴着不远处的山。

没有同行的人,只我自己,沿着深深的山沟前行。

路边都是空地,上面开始有了白色的一层,我记得这里应该是玉米地,再往前走,没错,偶尔可以看到零星的秸秆的根部,坚挺突兀地从白色里冒出头。我才发现雪下得大了,已经不再是霰。

一抬眼,发现路边横着有一座桥,跨过去,便有一道坡。我便走了过去,小桥上留下了第一串脚印,远远地向我来时方向延伸到深处去,仿佛直通向了林教头的风雪山神庙和贾宝玉的联诗芦雪广。

爬上山坡,看见几丛灌木后,有一座房子,房子并不新,但看着很结实,很"有劲儿"。这也不奇怪,房屋改造本来就分四级:A级是房屋结构安全的房屋;B级是个别结构处于危险状态但不影响主体结构的房屋;C级房屋局部出现险情,已构成局部危房;D级房屋结构承载力已不能满足正常使用要求,整体已出现险情,已构成整栋危房。C级危房需要加固维修,而 D 级危房就需要拆除重建了。眼前这栋房屋应该是属于 A 级或 B 级。

我记得这家人是贫困户，不过不需要危房改造。但几次来都没有见过这家户主。这次，趁着风雪，再来试试。他家的围墙，不是很高的砖墙，而是类似篱笆低矮的墙。门没关，半掩着，我在木门上拍了拍，没听见回应，便走了进去。院子里此时已是白白的一层，几只鸡的影子在墙角的木板搭成的窝棚里晃动，从缝隙里传出叽叽咕咕的声音。除了这个声音，漫天的雪似乎掩盖了天地间所有的声响。

真是巧了，户主在家。这是一位 70 多岁的大爷。我说我是路过，想进来坐坐。他一声不响，给我搬来一个小凳子，让我坐在他旁边，看他继续干活儿。他正在做木工活儿，好像是在打一把椅子，我去的时候，他正在用刨子刨一条椅子腿。瞬间，我仿佛穿越了，回到了儿时经常到邻居家看木匠活儿的时光，现在还有人这样做椅子！

大爷穿了一件蓝色的布褂，外面罩了一件漏了毛的旧羽绒坎肩。他头上没戴帽子，几个木花儿沾在头发上，他的脸上有些干瘦，两腮已经下陷，他手皮包在血管和骨头上，但握着刀凿斧具时显得还是很

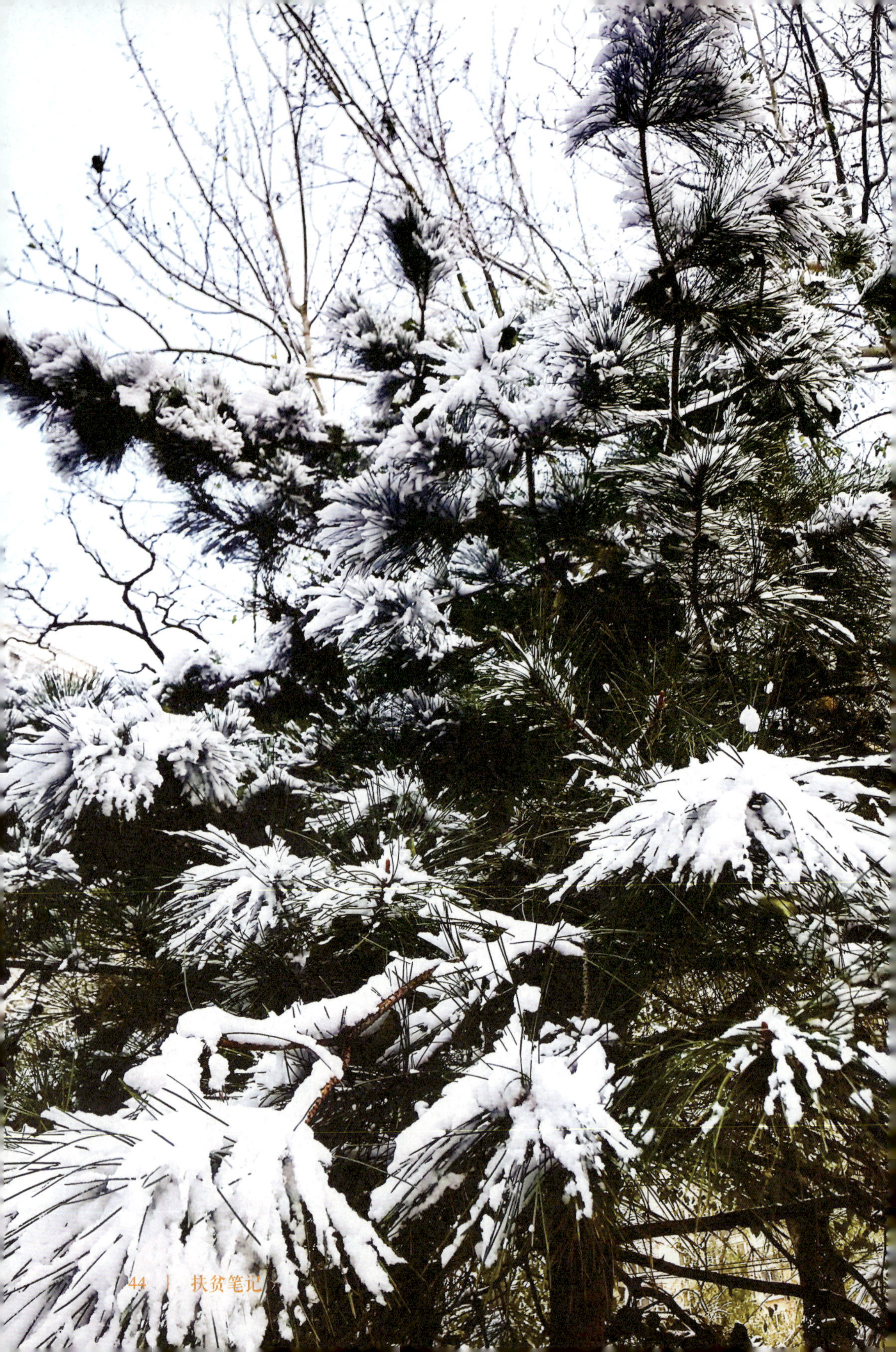

有力。他不爱说话，有时候我问三句他才答一句。

许久，外面雪小了些，我也多少了解了他家的概况。他老伴儿八年前就去世了，他有一儿一女，如今都在城里。他是2014年列入贫困户的，2015年脱贫了。他性格很犟，朋友少，也不怎么跟邻居走动。

在越来越暗的堂屋里，我看着老人在干活儿，周围墙角的酱油瓶和醋瓶呆呆看着窗外纷纷扬扬的雪。炉子在吐着红光，一闪一闪的，爬行在我们很少的谈话上。我总觉得这里有些什么，可一时半会儿也想不出来。于是，渐渐有些尴尬的局面让我向老人告辞，出门回县城。

外面，天有点儿擦黑了，雪竟然又大了起来。这个自然村比较散落，周围此时看不到人影和车影。来到路边，想滴滴叫一个车，可等了许久竟然等不到。双脚开始发僵，双手都伸不直了，那雪天的诗情慢慢随着寒冷一点点流逝掉。如果走到主村去，估计会冻坏，于是我决定再回老人那儿去。

往回走的路上，远远看见一个黑点儿，走近了，竟然是那位老人。他没有说话，手里拿了一件破的棉大衣，走过来塞到我手里。

回到温暖的炉火光里的时候，外面几乎全黑了，老人没有点灯，窗外的雪光映了进来。老人给我倒了一杯热水，自己又开始干起了活儿。不过，这一次，他的话多了一些：

他以前出去闯荡过。去过很多地方，干过很多事儿，也没干出啥名堂，岁数大了就回乡了。我能看出来，老人有很多话没说，他到底隐瞒了什么呢？我问他刚才出去干吗？是知道我叫不上车吗？他说就是转转。

聊了一会儿。老人麻利地下了一锅面条，剥了几瓣蒜放在有些凹凸不平的桌子上，面条出锅了，里面的土豆、白菜热乎乎地冲着窗外的雪花儿"笑"。他招呼我吃饭，我一反常态地没有做任何谦让便坐了下来，开始往身体的寒冷里倒热乎乎的生活。

正在喝汤，老人突然问我："你是记者吗？"我愣了一下说，以前是。他说没事儿，如果你要写啥，别写我是谁。我说好的。心里突然感到一种神秘，同时又很踏实，我自己也说不清怎么回事。老人仿佛看出了我的心事，破了例，多说了几句："过去漂泊就是在家没啥奔头，后来东跑西颠，心里还是不踏实，想回家看看，回来后发现农村越来越好，尤其这几年，精准扶贫，不但关心你的生活，还关心你的幸福感，关心你以后咋能越来越好，我一看，便留了下来。"这是打我们见面开始，老人说得最多的一次。不过，也就这么多了，之后我们没有再说什么。

吃完饭，我帮老人刷了碗，打扫了屋子，把木料收拾好，偷偷进里屋趁着外面的雪光往老人枕头下塞了100块钱，然后出了门。

身上和心里很暖和，腿上也有了力气，于是我走到了主村，主村此时正在大雪掩映下"熟睡"，偶尔会听到一两声犬吠。还是找不到车，我紧了紧领口，重新围了围围巾，决定走回县城。我开始踏着风雪，夜归……

可爱的 93 岁的老人

一踏进院子，就听到爽朗的笑声，眼前的这位老人，精神矍铄地站在院子当中，看上去也就六七十岁。打了招呼后问起她的年龄，旁边的儿媳妇帮着说道："93！"我们都吃了一惊，脸上露出惊讶的表情，耳背的她看见我们吃惊的表情，仿佛是猜到了我们的问题，便又爽朗地笑了起来。然后热情地邀请我们到屋里坐。

这户贫困户户主叫田柏年，是 93 岁老人的二儿子。他们家是低保贫困户，是因病致贫，2013 年被识别为贫困户，2018 年脱贫。

如今，老人家的院子很宽敞，五间房子一字排开，显得很气派，院子的过道上方整齐地搭着铁架，那是葡萄架，老人的儿媳妇介绍，现在已经冬天了，葡萄藤已经埋入了地里。不过，现在依旧能凭着她的介绍想象出老人夏天坐在葡萄藤下的躺椅上，扇着大蒲扇的情景。

我们随着老人进了屋，老人的屋子有两间，都是通着的。这两间屋子和另外的屋子并不通，比较独立，这屋子就像老人自己，独立、爽快、干净利索。

老人叫安秀兰，丈夫是军人，已经去世好多年了。老人说着，便到柜子里翻出一个相框，里面明明朗朗地坐着两个人，男的一身戎装英俊潇洒，女的梳着两根扎着蝴蝶结的辫子，端庄秀丽，在那个没有现代化妆技术和美颜美图的时代，能看出来这是很靓丽的一对。

说着当年的往事，老人的眼睛里闪着光，那是青春往事在心头的苏醒。说着说着，经历就沧桑起来，说起过去的生活，说起儿女，老人有时略带伤感，而有时又怒气勃发。我静静地坐在旁边，听她说话，观察她的表情，我惊异于她这么大的岁数还能保持这么鲜活的性格和情绪。说起二儿子，她掉了眼

泪:"就出去了一趟,孩子说饿,我去闹(弄)吃的,回来就看见孩子的手被火给烧了……丈夫啪啪地打我后背,我堵着气心里又难受,忍着不出声,眼泪就在眼眶里转,婆婆小姑子都向着我,说我丈夫没看住孩子……"

正说着,老人的二儿子田柏年回来了,一位有些和蔼有些清瘦的老人回来了,他今年也快70了。我们看到田柏年的左手只有三个手指,而且向两旁扭曲。安秀兰老人有三个儿子四个女儿,大儿子已经去世了。

一屋子坐满了人,人们开始说起现在的生活。"现在政策好,有国家有政府,我们啥也不怕。"老人除了耳朵听不太清之外,说话走路都非常干练有力。看看他们家的屋子,生活确实是蒸蒸日上。"过去可不行,吃的不行,穿的不行,身体也不行,像我这么大岁数的能有几个?"老人哈哈一笑,"长寿是福啊,帮扶责任人都这么说。"老人很喜欢帮扶责任人,喜欢和他们聊天儿,喜欢他们年轻的样子。

我暗自想:今天我又发现了扶贫一个好处,就是大大浓厚了人联络人、人帮助人的热烈氛围,让身在其中的我们无论是

帮人还是被帮都能感觉到充实、感觉到温暖，内心感到无比的宽明朗彻。

不过毕竟93岁了，老人心脏不太好，去年还抢救一回。说到这儿，我就说，回头我请我的同学带人来给您检查检查心血管，老人听说了，就边说话边站起身，开始撩起衣角，准备脱掉外衣让我检查，她儿媳妇边笑边赶紧拽住她的手说，"杨县长不会看病，人家是说将来带人来给你检查。"我们都笑了，都觉得老人真可爱。

走的时候，安秀兰老人很利索地随着我们走出了屋门，站在院子里，她又说了很多话，末了，还拿起窗台上的旱烟袋让我们抽一口。她自己点上，抽了一口，笑着说，你们别笑话我。

走在回去的小路上，大伙儿都说，老人高寿和现在生活好有关，也和农村的生活有关，还和她能说肯做、敢爱敢恨、爽朗外向的性格有关。我边听大伙儿说，边回过头去，我竟然发现，老人走出了院门，远远地还在看着我们，她看到我回身，还冲我们摆手。

此时已经是傍晚，冬天的暮霭笼罩了周围，我想起了过去写的一句诗："昨日离冀野，孤拐立苍茫。"而眼前确实是黄昏苍茫的冀野，不过那位摆手的老人并没有拄拐，她那硬朗的身影在暮霭苍茫中挺立，给我记忆中留下了深刻的一笔，让以后的我始终想起这一幕，这刻着生命印记的深深的一幕。

最平凡的故事

认识他很偶然。刚见到他的时候，我就被他的魁梧和彪悍吸引了；再次相逢的时候，是他为自己的小店送外卖的时候，我才发现他腿有点儿跛。但他走得十分快，一转眼就看不到人影了。

后来，我在下班的路上经常碰见他，于是便停下车，和他聊两句。夏天，有的时候我们碰到，还会就近坐在路边聊天儿。他很朴实，也很随和，人虽然长得彪悍，但性格竟然有些腼腆。他家是贫困户，家里孩子多，两个哥哥都有先天性心脏病，父母也身体不好，所以他很早就出来打工了。

他的腿跛，来得很奇怪，发完一次烧就这样了。邻居的大哥是村里有名的混子，出来进去管他叫小瘸子，他也不吱声，只是低着头闷闷地干事儿。有一段，他小学毕业，家里没钱就辍学了，后来建档立卡了，他在帮扶下又开始上学。上完学，有一段，他老坐在家中的院子里，看着歪脖子老枣树发呆，觉得自己真倒霉，活着真没意思。后来，帮扶联系人，一个挺漂亮的大姐经常找他聊天儿，鼓励他找事儿干，他终于找到了活着的滋味，于是出来打工。这个小店就是他一点儿一点儿这么

干出来的。

　　夏日的风吹过，很舒服，我听着他的经历，表面没说什么，心里有些触动。我们总以为故事就应该起伏跌宕、大喜大悲，可生活中的故事都是很平凡的，有时甚至觉得千篇一律，不就是那点儿事儿吗？吃饭、干活儿、打工、扶贫，谁都逃不掉的规律。其实就在这平凡的故事中藏着不平凡，藏着一些我们需求的理，只要我们设身处地，只要我们将心比心，就会发现。

　　如果我是这个小伙子呢？生在一个贫困的环境里，脚还有毛病，我该怎么办呢？平时生活的每一秒我又是在想什么呢？又是什么在支撑着我往前走呢？

　　后来，有一段时间见不着他了，我们彼此也没留手机号码，不知他最近怎么样了，由于忙，我也没有去寻找他。

一次下乡，工作结束后，我告别了其他人到村子里走走。这正是雨后的初夏傍晚，整个村庄仿佛都在滴着水，天边最后一抹嫣红仿佛将滴水的村庄映照出绚丽的重影。

　　我突然看到不远处矮坡上有一个魁梧的身影在弯腰干着什么，我走过去，赫然发现这个身影正是他。他在采蘑菇。我不禁笑了：这不是采蘑菇的小姑娘，而是采蘑菇的大壮汉。他看见我过来腼腆地笑了笑，同时告诉我他家就在这个村里，然后热情地邀请我去他家，我以天黑了马上要走为由婉拒了他。我们聊了几句，他告诉我他要开一个小超市了，最近是回家看看。雨后，蘑菇长得快，就出来采。以前采蘑菇是为了贴补家用，卖的那点儿钱真的能顶一阵子。现在采蘑菇就是为了乐趣。接着他就往我手里塞蘑菇，说很好吃，我赶紧说宿舍不开火，没法儿做饭，于是他才作罢。

　　临走的时候，我回过身，发现他还在那儿站着，便摆了摆手让他回去，很快他便回去了。不过，等我快走到主路的时候，就听到背后咚哒咚哒的脚步声，一回头他拎着一把伞一步一拐地跑了过来，我说你看刚才都出火烧云了不会下雨了，他先是没吭声，接着冲我说拿着吧，万一呢。

　　回去的时候，那把伞上的水珠一直在夜空下滚动着星光。

自强不息的美

　　落叶厚厚的，踩上去软软的。什么颜色都有，绚丽而厚重，把整个秋天的意味都表达了出来。村前的小路上、村后的小路上，都是落叶，仿佛整个村子都"站"在红黄绿色彩斑斓的叶子上面。

　　村子里老人居多，天冷了，就基本不出屋了。整个村子都静静的，只听见叶子落在地上沙沙的声音。村里竟然还有一口井，不过早就废弃不用了，盖着它的石板上落满了叶子。一条狗不知从哪儿跑来站在一条胡同的尽头看着我，然后又一溜烟跑了。

　　很多人家门上都上着锁，我挨个看着，从门口路过。我没有惊动任何人，只是自己转转。媳妇儿亲手织的围巾，在秋日的暖阳里格外安详。现在，我就是这样，隔一段便自己出来走走，不带着工作，不带着任务，也不通知乡里和村里。走到哪儿算哪儿，走到谁家算谁家。

　　这个村子静得有点儿出奇，我独自走着，思维不禁四散开来：空巢老人、留守儿童、危房改造、《故都的秋》以及《秋的况味》那些散文、《晚秋》那首歌、《秋天的童话》那部老电影、生活、老年……这些思维的片段和节点没有什么连贯，只是这样，尽情地跳入我的心头，跃出我的脑海，和眼前的景致结合在一起，随意地流淌。

最近可能太累了，所以今天一早我就搜索关于秋天的有声散文来听，还打开诗词的书随便翻，好让自己放松。当每天都沉浸在事务性工作中，偶尔翻出偏美学的爱好来点缀一下，也许是一种很好的休息。

前面有一家小卖店，我随意地走了进去。坐在柜台后的人，让我有点儿惊奇，这是一位二十出头的姑娘，秀气的外表，修长的身材，身上穿了一件浅色的长款厚毛衣，整个人显得很有气质。在农村的小卖店里碰到这样的人还真是个稀罕事儿。她正低着头干着什么。按着习惯思维，她肯定在玩儿手机，但走前一看，却发现她在看书。

买了一瓶水，跟她聊了起来。原来，她是一名大二学生，在外地上大学。这一段实习结束，她回来陪陪父母。

她说起话来淡淡的，没有什么波澜。

她说自己父母身体不好，有慢性病，妈妈现在还躺在床上，不过她哥哥开了这个小卖店，现在日子过得还不错。他们家曾经是贫困户，2017年脱贫了。刚被列入贫困户的时候，她还小，那时她觉得特别丢人，所以老是藏着掖着。随着慢慢长大，她明白了，没有不能摆脱的贫困，如果非说有，那就是心灵贫困。小时候家里穷的时候，同学也都对贫富比较在意，买什么样的铅笔盒都可以成为谈论对象。后来随着扶贫的深入，各种帮扶的信息，尤其是扶贫扶志、扶贫扶智的理念深入人心，不但她自己变得越来越坚定，越来越相信：只要奋斗就会变好，而且

周围的氛围也变了,人们越来越欣赏和赞扬那些通过努力摆脱贫困赢得幸福的人了。

打那以后,她读书非常用功,走着坐着都在温书,连给妈妈陪床,也等妈妈睡了坐在床边的小凳子上看书。

她特别喜欢在田间山野里读书,坐在矮墙上或是一块大石头上,春天听着鸟叫看诗歌,夏天摘下身边一朵野花夹在书里,秋天在漫天黄叶里不时用手摘掉落在头发上的树叶。这时往往是她最幸福的时候。学习和读书可以让她摆脱烦恼。她在学校里比较沉默,喜欢一个人在图书馆学习,至今也还没找男朋友,她打算毕业后有了稳定的工作再找。

秋天的午后,静静的阳光,平和而凝滞。谈话像看不见的溪流在落叶满天的季节里流淌。临走的时候,她说留个微信吧,学中文的她好向我请教诗词的写法。我借口没带手机婉拒了,因为不久将来要走的我,想把繁忙中遇到的那个唯美的午后留在我和她的记忆里,留在扶贫路上,留在《扶贫笔记》里,让自己和更多的人记住人生路上的美好,记住无论贫穷还是富有,总有一种超凡脱俗的雅致在困境中自强不息。

一方水土一方人

第一次从北京坐公共汽车返回滦平，出了车站，看到几辆出租车，我习惯性怯生生地走过去，问："师傅，党校您走吗？"司机师傅从驾驶座费劲儿地探过身，把我这边的门打开，说："请您上车，您到哪儿都走！"路上，看出我是外地人，他侃侃而谈，给我讲了各种滦平趣事；快到党校的时候，他又主动地向我介绍，党校附近哪儿有超市，哪儿有医院，哪儿有公园，我心里顿感温暖。

在这里问路，你不用担心"指鹿为马""南辕北辙"，但也享受不到对方会走出几步为你指路的热情，他们会实实在在地简单告诉你，不会乱指也不会多说。由于滦平山上山下坡路很多，所以能不能找到看你自己的悟性了。

买东西的时候，售货员一边说着具有当地特色的家长里短，一边招呼你。当你提出各种询问的时候，他们也很有耐心，柔和地为你解答，没有我长期生活的城市有的店家那样的傲娇：你买他的东西就好像欠他钱一样。时间长了，我发现滦平人这种特点并不是耐心，而是一种常态，一种不骄躁、不觉得自己了不起的常态。

一位当地朋友和我聊起来滦平人这样的性格，说是有两个原因，一个因为是县城，一个因为是离北京近。因为是县城，所以没有大城市人的先天优越感；因为离北京近，眼界相对比较开阔，又没有身处太嘈杂的环境，所以相对平和淡定。他说的有一定道理，说出了地域对人性格的影响。这种理论会让人联想到城市化问题以及大城市趋向小城镇发展模式。

　　对于个人来说，我想到了心态对适应一个新地方的影响，以及经见了很多地方的人格后怎样塑造自己人格的问题。很多人遇到好的人文环境就会抱怨自己的生活环境，羡慕他人的生活环境，徒增忧郁和烦恼，其实不知道这样的心态已经为自己生活的环境增添了些许看不见的负面元素。

「情感」

清明时节雨纷纷

　　路上，下起了雨，是清明的雨。滦平还是春寒料峭，草色只是薄薄的一层；近山"含"着朝云，吞吐着淡淡的忧愁；空气中清新的雨的味道，竟然也带着悼思之日的气质。

　　村子里静悄悄的，石墙伫立在雨中仿佛思念着什么。整齐的柴堆愈加"深沉"，接近黑的色调"镇压"着情绪。打开门握住老人的手，听他讲述逝去的亲人。

　　回去的路上，路旁一个坟包在草色的簇拥下，更显得孤零零的。雨这么断魂地下，便自然想起了自己逝去的亲人。大伯是一位优秀的儿科大夫，之前还说好了一直为我幼年的儿子保健护航，却突然走了。走前一个多月的时候，我们还在通微信，他微信发错了人，还向我解释。打开手机，那条微信还在，而微信号已经被大伯的儿子我的堂弟注销了，我想他是不愿再看到微信犹存人已不在的样子吧。在伞下，我一手拿着手机，犹豫了一会儿，也把我和大伯的通信记录删掉了，我还是觉得自己和大伯最后的通信太随意了，没有好好地说再见。

　　大伯去世不到半年，祖父也走了。走时，已迈入了百岁之年，只是还没有过生日，从地方习俗来说，借天一年、借地一年，两年前祖父已经是百岁老人了，可以说是老喜丧。以前总有个习惯，叫"回爷爷家"，或带着孩子"回太爷爷家"，如今这个习惯已悄然不在。祖父去世时，我没赶回去，很快就是清明节了，我在滦平的这时晴时雨的天气里心中默默地上香。

在滦平工作期间，也经常接触生老病死的情况，也看遍了人生百态。到滦平之前之后都见过听说过种种亲人去世后的情况：有的人，亲人生前孝顺，死后痛不欲生；有的人，亲人生前不管不顾，死后披麻戴孝、哭天抢地；还有的人，亲人生前珍惜每一寸时光，死后只是淡淡的悲伤，又百倍地投入到自己的生活中去。

62 | 扶贫笔记

王阳明在学生陆澄儿子病危苦不堪言时说:"人正要在此等时磨练。父之爱子,自是至情,然天理亦自有个中和处,过即是私意。"他说,人们一般都认为像陆澄这样的情况原本就应该忧虑,所以使劲地发愁,却不知道已经是"有所忧患不得其正"了。他又说到人们面临亲人离去时,"人子岂不欲一哭便死,方快于心?然却曰'毁不灭性'。非圣人强制之也,天理本体自有分限,不可过也"。这两段话,阳明先生的意思大概就是,遇到亲人的病痛或生死,会难过,会悲伤,但不能过。路还很长,该做的事很多,我们还要坚强地走。但是不是傻乎乎地不悲伤呢,不是!"人但要识得心体,自然增减分毫不得。"人只要按着心底良知去做,自然不增也不减,不会多也不会少。

来到这个世界上,就没打算活着回去。是啊,人生在世,我们都有要走的一天,只是或早或晚而已。对于还活着的人,是该悲痛欲绝,还是该完全忘记?

雨过天晴,我在路边站住脚,看着脚下湿漉漉的草地,那草叶雨珠一闪一闪的,辉映着天边的晚照,幻化出一瞬即逝的绚丽。摘下一片带着雨珠的草叶,雨珠轻轻滚落,我转身离开,回城开会。

第二天,我又在村子的人群里,那如火如荼的扶贫工作节奏让我觉得:活着真好。偶尔看到昨天夹在笔记本中的草叶时,亲人音容过往刷的一下进入那一小点儿的绿色当中去,然后回过头冲着我会心一笑。

享受小别离

"捉迷藏，藏眉眉"，还说不好话的儿子，边说边用手遮住眼睛，"爸爸找宝宝，爸爸找宝宝"，遮住眼睛就是他藏起来了，我看着觉得可笑又觉得可爱。

等他玩儿困了、睡着了，我才开始收拾行李，然后蹑手蹑脚走到门口打开门走出去再带上门，轻轻地走到窗口的时候，突然听见窗户一动，我心里一揪，回头看时，岳母正抱着儿子站在窗口说儿子醒了要看爸爸，我赶紧笑着说"宝宝藏眉眉快遮住眼睛"，结果儿子不上当，眼巴巴看着我说不要爸爸走，我一狠心，挥了挥手，转过头迈开大步向小区外走去，听到身后儿子撕心的哭声……

有一次，很长时间没有回家看儿子，儿子在视频里说不要爸爸，然后就吵着让他妈妈关掉视频去看小区的车。晚上做梦，先梦见自己忽然一脚踏空，又梦见心里特别难过，然后猛然惊醒。

我披上衣服，打开小灯，在这燕山之中的小城夜色里冥想。我来滦平的时候儿子刚一岁多，我权衡了许久，还是决定去挂职，当时也说不出为什么，就是心底告诉自己要去。因为我父

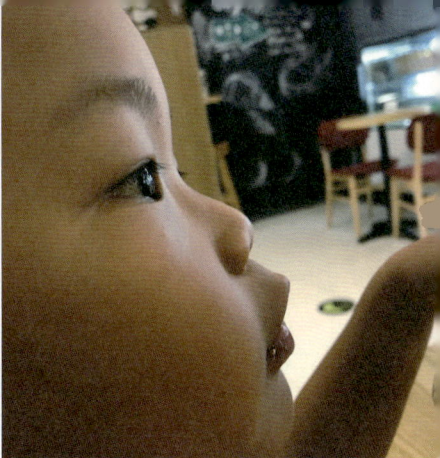

母都年岁大了，儿子由姥姥和妈妈共同带大，身体很健康，也挺聪明的，眼睛特别有神。不过，想来但凡父母都会觉得自己孩子聪明可爱，也许没有自己想象那么聪明，无所谓了，用我爱人的话说就是，自己觉得好就行。

　　有时候工作忙，不能常回去，我就想了个办法，多视频、随时视频。有时候在村子里，该忙的事忙完了，我就跑到附近的草地里，和儿子视频，然后摄像头对着地上的各种虫子，让儿子看，他就会"大蚂，大蚂"地叫，他把一切虫子都叫作蚂蚁，因为不会连着发音，就叫作"蚂"。

　　扶贫的时候，经常会和孩子打交道，有时候在学校里，有时候在农户家，有时候在田间地头，每每看到各种各样样貌脾性的孩子，便会想起自己的孩子。这时，我才发现和别人口中的攀比以及联想不一样，不会想这儿的孩子没有什么我孩子有，不会想我孩子比他们聪明，也不会想得让我孩子将来好好学习有个好的生活，而只是简单地想到自己的孩子，心里暖融融的，觉得生活真美好，因为有一些人惦记着你，你也有人可惦记。尤其是这么个可爱的小东西，眉眼酷似你小的时候，他的喜怒哀乐就是你曾经的喜怒哀乐，你在他的童年时代又找回了自己的童年，你在中年的时候又在一个孩子的身上重活一回……

小灯下，对于我为何会毅然决然地来滦平，仿佛有了答案，我关上灯，把对于答案的揭晓留给了梦。

后来，我和爱人、岳母慢慢摸索出了方法，在每次与孩子短暂离别的时候，我们往往会岔开。比如孩子姥姥带着孩子去邻居家串门儿，比如说我会买个玩具给孩子在他玩儿得热火朝天的时候我悄然离开，比如在一起的时候我会告诉他爸爸妈妈都要在这个世界上寻求自己的位置就要付出和获得，就要工作……

慢慢地，我自己先有了变化，那种心疼的感觉没有了，只有淡淡的别离之思，而这种思念充满了力量。有个朋友说，你孩子这么小去扶贫，真不容易。我笑着发自内心地说，哥们儿，说真话，我不觉得，当我在忙碌的时候偶尔抬起头，想到自己的儿子，想到自己的家，想到这种暂时的别离，就会觉得幸福，觉得温暖，觉得生活真是很有滋味儿！小别离也是小欢喜！

方阵里有你，也有我

国庆快到了，红色的喜庆像海浪卷了过来，卷入到生活中，卷到心头上，身边的红灯笼亮起了温暖的光，丰收的喜悦站上城市的眉梢。

4日，假期中，我还要回到县里值班带班，所以1日便抓紧时间回北京回报社，先是对接工作，然后结束工作便可以去见妻子儿子了。

青山向两边退去，那速度就像我想迅速回家的心跳；进入北京，喜庆的颜色满眼都是，灯柱上灯笼大气而精致，让人看了就觉得心里满满的。

路上，接到妻子电话，说国庆节要全天候执勤，不能见面了。我有点儿遗憾，但表示支持。放下电话，想起来我在乡下蹲在玉米地边儿上研究庄稼长势时妻子抱着儿子和我视频的情景，不禁感慨。近年来仿佛我们就是依赖视频电话来交流夫妻感情的。此时想来，好像我们夫妻感情现在更好了，是距离产生美，还是别的什么？我内心知道，一定还有什么。

看国庆阅兵仪式的时候，我待着的地方可以同时看到天空中飞过的飞机队列。习近平总书记发表重要讲话直到整个阅兵

68 | 扶贫笔记

仪式结束，我和父母始终处在心情澎湃的状态下，久久不能平静，爱国的热情在这种不平静里仿佛已经变成看得见摸得着的有形体。当白发的父母一转身的时候，我在上午的光影里看到了他们眼中有泪光闪动。

当装备方阵经过天安门的时候，窗外两楼间天空中开始飞过矫健的身影。我赶紧拍摄了下来，给妻子发了过去。妻子回了一串赞的表情，然后发了一张她的实时图片，她站在她的岗位点五星红旗旁，冲着镜头微笑，昨夜一夜没睡，眼圈儿有点儿黑。

之后，我们不停地互动：她还在岗位点，她去巡逻，她又回到岗位点，她也看到飞机啦……她问我，现在电视上到哪一个环节了，阅兵到哪个方阵了？我说，现在是群众游行，骑着自行车的年轻人如蝴蝶般穿梭，形式特别活泼。她说，真好，替我多看看。

电视上，脱贫攻坚方阵出现了。我赶紧拍了一张，发给妻子。她回了一个大大的赞说，方阵里有你也有我。突然有一个模糊的东西挡住了双眼。这时父母也回过头冲我笑，好几个朋友都发来微信，说你辛苦了。此时，我的心满满的，仿佛也走在长安街那欢快的队伍里，也翱翔在窗外的天空中。

晚上，一场盛大的联欢会通过信号传遍大江南北。屏幕前，父母的脸庞闪动着变幻的异彩，青春的朝气染上了白发。妻子发来微信，她正打着手电在胡同里巡视，我叮嘱她小心，她说好的老公，不过没关系，有好多同事在一起。她又说一会儿就回去吃饭，有宫保鸡丁速热饭，她问我吃什么，我说吃面，长寿面。

情感 | 69

突然，妻子说我们现在就在一起是不是，我愣了一下，没马上回应，她又说，永远在一起是不是，我说是的，我们永远在一起。有你，有我，你和我永远在一起。

晚上，我关上了卧室的灯，看着窗外万家灯火、红灯暖暖，想起了这么长时间在村子里在田间地头的种种事情，想起今天看到的阅兵仪式和联欢会，想起了此时还在值班的妻子高高的拿着手电的身影，闭上双眼，踏实地呼吸……

值班的"天伦之乐"

红烧牛肉款的自热饭，是在北京买了带过来的，一直放在架子上静静地"看着"我的挂职宿舍生活。

撕开自热饭的包装，给石灰盒倒上水，在出气孔冒出细细的白气中等待自己的晚餐。

用十五分钟吃完饭。把餐盒放进垃圾袋，拎到楼下放进垃圾桶，然后上车，打开车灯，开车去单位。

路两旁，三三两两散步的人，沿着坡道或轻松下坡，或微微弯着腰上行，上行恐怕消食效果更好。整个城市处于休息放松的状态。天虽然已经擦黑，可天边还有一抹晚霞，此时看着很厚重很有分量，它面对的，不是一个休息的夜晚，而是一个工作的夜晚。

值班，现在挂职的县领导也要参加轮换，有时一周一次，有时一周两次。又叫带班，因为同时值班的还有其他人员。值班工作包括正常守岗和应对紧急情况两部分。这对一个县的发展及工作的有序运行很具有必要性。

这种值班和以前在报社时候的夜班不太一样：报社值班主要任务和工作都是围绕版面，就是所谓的拼版或做版，保证报

情感 | 71

纸正常出版，无论是拼版人员还是审版人员，他们的工作内容都是围绕第二天报纸，所以值夜班需要"干活儿"，遇到重大事件，节奏非常紧凑，如同"打仗"一般。而在县里值班，你可以处理一些没处理完的工作，也可以学习，不需要拼版，但它的责任一点儿也不小，甚至非常重大。

小灯下，左手摆着几份翻开的文件，中间放着《滦平县精准扶贫政策解答100问》，右手是需要填写的干部答卷。从洗手间回到办公室桌前，看到灯下的这个"小环境"，心里顿感温暖，这一圈灯影下的空间仿佛一个"小世界"，与外面那个家家灯火、围桌吃饭、饭后散步、看电视、聚餐、看电影的世界暂时分隔开来，拥有了一种知性而安静的氛围。

主题教育期间，一次，集体观看完教育片走回办公楼。四周静悄悄的，只有夏虫在鸣唱，路灯在树叶中间闪闪躲躲，仿佛具有生命，在逗我开心。从看片的地方走到办公室需要经过三个街口，经过一段柳荫路，下一道缓坡，上两道缓坡，最后登上一段台阶。路两旁绿植非常好，加上还有些微的山气在夜空中弥漫，所以"待会儿还要上班"的心情并不十分困乏，脚步也不很沉重。

夜里很安静，思维也异常活跃。

来滦平的前两天，我还在上夜班，然后就奔赴滦平面对崭新的工作和生活。所以一开始真有些疲惫和困乏。但有时候，反倒觉得夜里工作思路更清晰。不过，我是高度近视，经常熬夜还是有危险。

国庆期间，赶回北京与家人团聚。但我突然得知2号需要回滦平值班。考虑到我刚

情感 | 73

赶回北京又马上赶回滦平,热情的滦平人、副县长孙立侠和我对换了值班时间:她2号值,我4号值。

家里人得知这个消息后,决定全家陪我回滦平,国庆假期的最后四天陪我在滦平度过。妻子驾驶的车子驶离北京,山影越来越多,气温也越来越低。但车内却是春意融融,欢声笑语。我们家人这点特别好,随遇而安,怎样都高兴。儿子从小也是这样,喜欢到处走,一睁眼就笑就淘气。我值班的时候,想着一大家子人在家里热热闹闹的,心里特别安稳。因为滦平的风比较硬,父亲还生病了,可就是这样,我们的生活依然有条不紊地快乐地进行着,该看病看病,该高兴高兴。

他们临走前一天,我带孩子和老人们去村子里看看。因为小孩儿奔波得比较累,所以下午四点钟才起。我们赶紧收拾收拾,出发去北马圈子村。

黄昏的暗影里,我们在山谷里前行,两旁的秸秆堆和有些簌簌的草树在秋天的傍晚里纷纷静默着。经常有羊群从路上经过,这个时候,刚刚还在说"姥姥,我要睡觉"的儿子就一跃而起,发出尖叫。到了山谷深处的一处平坦处我们停下来,徒步走向村子,此时山里微冷的空气清新地将我们包围。母亲看着山间的溪水、路上的羊粪想起当年插队的事情,岳母是老北京从来没有到过村子感觉非常新鲜很兴奋,妻子抱着儿子指着远处房子前的一条大狗说,这就是农村,是爸爸扶贫的地方,这里住的人都挺朴实的……

回去的时候,华灯初上,儿子还在不停地三四个字、三四个字往外蹦地说话,"看见羊 rei""大狗旺旺 rei"。车里充满了他牙牙学语的声音。

俺爹和俺娘

可能因为是蒙古族，母亲性格很开朗，也很倔强。

可能因为是老教授，父亲脾气不好，不过也很知性。

但两人有一共同点，就是为人实诚。

两位实诚人，因为我要去滦平上班，就说和我一起去滦平待两天。一路上，他们都很兴奋，逐渐地，路两旁山多了起来，气温也低了下来，他们开始进入了"滦平的状态"。媳妇儿车开得很稳，儿子睡得呼呼的。

路上我接滦平的电话，父母就提醒我不要告诉任何人，我开玩笑说，告诉了，人家也不会被惊动。家里人都乐了，车里暖意融融。到了地方，他们住进了宾馆，媳妇儿和我住宿舍，父母住一间，岳母带着儿子住一间。第二天，媳妇儿单位有急事，便和岳母、儿子一起回北京了。因为我有点儿低烧，所以父母决定陪我多住几天。

过了几天，我低烧好了。平时热个方便面，有时候需要用碗，于是我和父亲一起去山坡下的超市。天已经挺冷的了，我穿得很厚，父亲脾气怪，总是逆着季节穿衣服，你要让他多穿

扶贫笔记

点儿，他会真的大发雷霆。我就悄悄带了一件衣服。

那是一个"温暖"的夜晚，父子俩就像我刚上大学时候那样，一起在超市挑拣生活必需品，一起商量着、闲聊着。往回走的路上，抬头看，星光满天，哈气在夜空背景里呼的一下蹿上去，很快消失不见。回过头，看见父亲刚毅地有点儿费力地向坡上走着，因为穿得少，整个人仿佛都缩紧了，我悄悄把手里的衣服给他披上，意外的，他没有拒绝。那天夜晚，滦平夜空里群星特别地亮。

看到一个工人在使劲蹬着一辆装着凳子椅子的三轮车在爬坡，父亲过去帮着他推了一把，我也赶紧过去帮着推了一把。然后他就开始"上课"了，猜测那个人生活多么艰辛，然后讲到人生。这一次，我听得很认真，我想当时夜空中最亮的星也在看着我们。

我上班，父母自己出去转转，他们去了一个乡镇的稻田，那里有一座高台，可以眺望周围的景致。高台口儿有几个人在卖大米，一小袋儿一小袋儿的那种。父母老实地过去问，收不收票。那些人不直接回答，而是向他们推荐卖的大米。他们就认为可能是买了大米才可以上那座台子，于是老老实实买了两小袋儿大米，一袋儿一百块钱。回来后，问起当地人，才知道上那个高台根本不用票。

母亲很达观，虽然有点儿心疼钱，但还是兴奋地向我讲述高台远眺的风景是多么多么好。

那次，他们临走的时候，一大早，父亲就悄悄地去前台把账结了，一共两千块，他也觉得有点儿贵，但还是对我说，这样心里踏实，这样可以算作给贫困县做一点点贡献。回北京路

过村子的时候，还在村子里待了一阵，给一家贫困户的孩子捐了点儿钱。

后来，我在宿舍可以开火做饭了，父母又来过。没有大米了，为了可靠，我们就向当地的一家大米企业买了大米，然后用微信把钱给他们打过去。这样，就真的像过日子了。父母回北京了，我下班推开房门，空荡荡的，看见我所有的脏衣服母亲都洗了，正挂在阳光下亮堂堂地看着我，她没有用洗衣机，都是用手洗……快脱落的扣子也缝上了……

后来下乡的时候，看到贫困户家的"咱爹咱娘"颤巍巍地走到门口的时候，我就想到了远在城市里的俺爹俺娘，他们虽然没有生活在农村，但和这里的人一样平凡一样质朴，一样为正在奋斗的儿女操劳。

扶贫的路上，我泪眼蒙眬……

超越眼泪的心情

拆除乱搭乱建的施工队收工了，喧嚣的人声渐渐远去，两旁的青山绿水，更青更绿了，它们在"微笑"。

我没有离开，继续往山沟深处走，想看看村尾的模样。

阳光很足，晒得路面发烫，鞋带起的灰尘仿佛都在燃烧。村尾房屋的尽头，站着一棵大树，它正在向村外"远眺"。村外一片片田地，那玉米的波浪正在远山的背景前翻滚。

我站在村口树下，凉风吹来了我童年的想象，于是我把自己站成一名"儿童团员"，叉着腰，"盘问"来来往往的蜻蜓，盘问出回忆在池塘边寻找秋千。

村子里安静极了，又值正午，一个人影都没有。我们往回走，迎面走来一位老大娘，她没有用探寻的眼光看我们，而是像昨天刚见过一样，和蔼而多少有点儿拘束地微笑着，冲我们点了点头。

刚刚擦肩而过的我，心里突然升起一股熟悉的感觉，好奇怪。我回过身，看这位穿着干净头戴草帽的大娘，正在干净利索地将装垃圾的塑料袋庄重地放进垃圾池里。

看见我们在看她，大娘对我们说："工作呢吧？天儿热口

情感 | 79

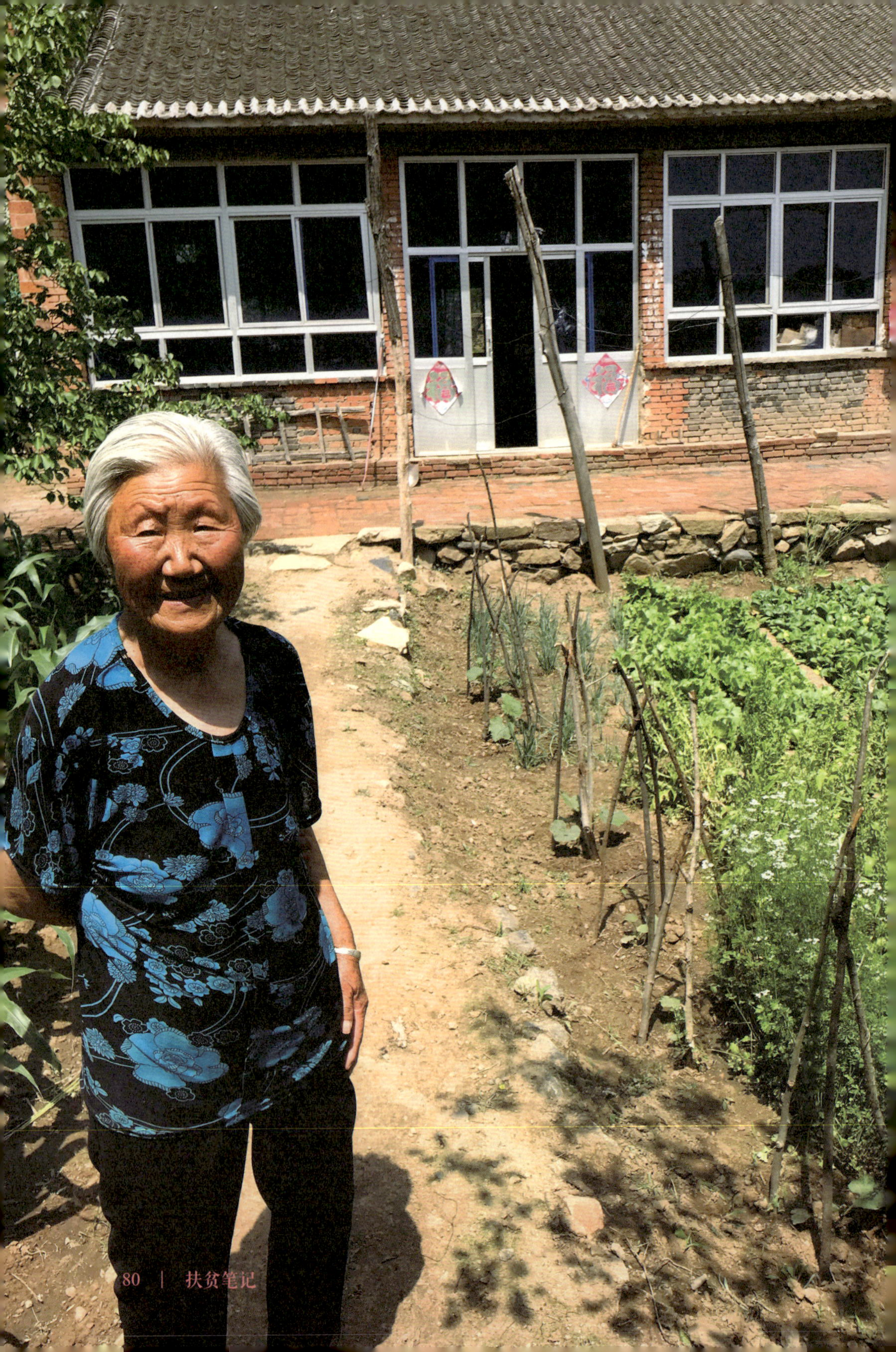

渴了吧？到家里坐坐，喝口水。"边说边指着玉米地深处的一处院落。心中那种熟悉感牵引着我，跟着大娘，绕过田地，转过墙角，经过一条非常干净的沥青小路，来到了大娘家的柴门前。

门前就是一棵果树，果树的枝叶正在轻抚着门轴。进到小院里，左边是码放得一丝不苟的柴堆，右边是井然有序的菜地，黄瓜、豆角、茄子、尖椒、韭菜，因为整齐而在强烈的日照下依然仰头挺胸非常精神。屋门旁还有老大娘自己辟出的一块儿地，一棵棵大白菜正"咧着嘴望着"我们。进到屋里，大娘先是把草帽轻轻地摘下来，认真地挂在门后的钉子上，然后拿出掸子掸了掸身上的土。

"这地都是您自己打理的？""是啊，家里还有几亩地，前几年我还能拾掇，我已经八十多啦，这几年干不动了，不过院子里这点儿地还是弄得动的。"我边感叹着大娘这么大岁数还这么硬朗，边环顾四周：大娘住的东屋里外两间，里屋一面炕，炕上被子叠得像军营里的床，床单一尘不染，箱柜很陈旧但是很干净。

看到屋里没有电视，我就问大娘一个人住闷不闷，她说不闷，每天都是干不完的活儿，收拾屋子，打扫庭院，料理菜地。闲了就看看孙子们的照片。

大娘有三个儿子，都在城里，老伴儿死得早，就她一个人在这儿住。她说话的时候，我仔细观察，她脸上只有腼腆和朴实，没有丝毫落寞埋怨。

想起我见过的有的人家凌乱的情景，我便问大娘："您过得带劲儿吗？""我也想孙子，但一干起活儿来就什么都忘了，

看着满地的菜经过自己的手摆到桌子上,看到周末孙子们啃着我种的黄瓜,我就觉得心里得劲儿。现在日子这么好,我也不是贫困户。我喜欢劳动,把日子得过得像玉米拔节儿似的!"

虽然不是贫困户,但过去的日子真的很苦。老伴儿死后,她一直拉扯着三个儿子长大。家里没有男人,自己就像一个男人一样,白天在地里干活儿,晚上缝缝补补。政策好,生活就越来越好,刚开始的时候吃不到白面,玉米面三个儿子都吃不饱,后来不但吃上了白面,而且三个儿子还长得非常壮实。现在更好了,想吃什么有什么,儿子都给买。村子也是越来越干净,越来越漂亮,大娘越来越不想离开这里。

走的时候大娘一直拉着我的手,让我们多坐一会儿,我想她心底还是多少有那么一丁点儿孤单吧。于是,我拉着她的手站在院门口又聊了许久。

我突然知道我感到熟悉的是什么了,大娘让我想起了我去世的姥姥,一位勤劳的90岁时还从早忙到晚从来不知道什么叫懒惰的蒙古族老太太。

我走出了这所普通的院落,走在这个普通的午后阳光里,"老吾老以及人之老"

这句话一下子跳到我的脑海里，不过我觉得这次普通的邂逅给我的体悟不只这么简单。

走出很远，回过身，隔着浩瀚玉米叶一波一波的"海浪"，看到大娘还站在那里，于是我和同行的人一起挥手，于是，她也在挥手，一直在挥，一直在挥……

那一刻，生命和时间突然静止；那一刻，有一种超越眼泪的心情"夺眶"而出！

都变成了孩子

去滦平前。报社金台园。

一位个子高高的"大男孩"带领一帮孩子蹦蹦跳跳,一会儿做游戏,一会儿讲故事,做游戏和讲故事的方式很新奇,连路过的我都想停下来看看到底怎么玩儿。

来滦平后。东营小学。

一位个子高高的"大男孩"站在我旁边,双手摆动,以孩子们的方式向面前几十名小学生打招呼,他给他们带来了小机器人和一堂生动的语文课,他和孩子们打成一片。

这位高高的"大男孩"就是人民日报数字传播有限公司总经理徐涛。

正是阳光明媚,一条笔直的路上,心情格外爽朗。左边一片片田地,田地再往西是一带远山,右边是村舍。这里就是东营村了,白墙红顶,一排一排房舍显得很有精气神儿。

东营小学校园内,生机勃勃,孩子们正在进行武术表演,或腾起跳跃,或蛇行虎步,有模有样。我们一直站着,看孩子们生龙活虎,看红领巾飘扬着希望,看仪式在活泼中结束。

人民日报数字传播有限公司这次"六一"爱心捐赠活动,

为东营小学捐赠了净水器 4 台、可教学机器人 2 台及一二年级图书 15 套、积木 50 份，并为每位孩子送来了儿童节礼物套装。当小机器人的包装箱打开的时候，孩子们发出了欢快的尖叫声，这本色的尖叫声在数字公司的叔叔阿姨听来是最动听的声音。孩子们围着机器人问这问那，小机器人都好像有些"应接不暇"了。我发现，活动中孩子们并不拘束，天真烂漫之情溢于言表。"上课了，上课了，皮皮爸要上课了！"孩子们听说徐涛叔叔皮皮爸要给大家上课了，纷纷跑向教室，看来皮皮爸上课的吸引力丝毫不弱于小机器人的吸引力。

　　皮皮爸是徐涛的别名。报社同事有两个群，一个叫金台爸妈帮，一个叫金台蹦蹦跳。进入群后，大伙儿都将自己的群内昵称改成：报社所属部门 + 姓名 + 孩子小名 + 爸或妈。这两个群有两大项内容，一个是交流各种关于孩子的事情包括孩子应用品的转让，一个是搞孩子们的活动。这是两个特别活泼的群，活动的内容以及方式特别"孩子"，每一个参与的大人都站在孩子的视角甚至变成了和孩子一样，他们一起去田野里和孩子们辨别昆虫，一起和孩子们在金台园、在篮球场蹦蹦跳跳，

一起和孩子们在万圣节发领糖果……

  而报社的爸爸妈妈们又把这样的氛围和精神推向社外，推向定点扶贫县，推向那里小学的孩子们，推向贫困户孩子们的中间。

  教室里，孩子们全神贯注，时不时地回答讲台上一位叔叔一位阿姨的问题，他们正在用PPT讲解美丽的中国，那一帧帧美丽的图画，那身临其境"像对口相声"一样的讲解，不仅吸引了兴州明德小学的孩子们，而且吸引了坐在后排听讲的我们。之后的小小新闻发布会更是引人入胜。这是人民日报社总编室苏显龙、罗彦主编等一行人到滦平兴州明德小学捐助及授课活动的现场。其中一名同事还带着自己的孩子，那名孩子已经和当地的孩子打成一片。

这样的活动还有好多好多,那种天真烂漫和蹦蹦跳跳的欢快已经从报社来到了滦平,同时来的还有好多好多玩具和图书。当地的孩子,无论是县城的,还是山区的,无论是贫困户家的,还是非贫困户家的,在这样的活动中、这样的氛围里,都感到一样的自在一样的欢快,没有丝毫的差异感和违和感,而他们与那些叔叔阿姨相处也丝毫不会感到陌生和拘谨,他们只当这些叔叔阿姨和他们一样是一群蹦蹦跳跳的孩子,只是个头儿大些。

罗彦和数字传播公司的王丹柠分别是兴州明德小学和东营小学的名誉校长。他们帮助学校联系建设多功能教室,帮助联系修建操场路面,他们捐赠饮水机、捐赠教学设备、捐赠图书……所有这一切努力,都如春风化雨般融入他们的微笑中,融入他们和孩子的玩耍中,融入他们像孩子般的"蹦蹦跳跳"中。苏显龙深沉而亲和,孩子们和他在一起会觉得踏实可靠,他低沉的声音让孩子们安心,他种种帮扶的举动让孩子们开心;罗彦上课的时候从来不看稿子,每次说话前先笑,那笑容一下子拉近了与孩子们的距离;漂亮的王丹柠总是活泼地在孩子们中间穿梭,她拉起男孩子女孩子们的手,一起在阳光里跳舞……

再次回报社汇报工作时,路过篮球场,远远地看见徐涛此时已经化身成皮皮爸在孩子们中间,引导孩子们躲开障碍物进行着趣味游戏,我没有过去打招呼,怕打断他们,我想我即便过去,徐涛也未必和我说话吧,因为他此时正沉浸在他的"孩子事业"中。我悄悄地经过,没带走一片云彩……

因为，我有你们

"我们马上就会去，就在最近。"海外网总编辑姚小敏说得干净利索，海外网党支部一行 27 人来得也干净利索。不久，一辆大巴车便奔波在初冬去往滦平县西沟满族乡的路上。

西沟满族乡，位于滦平北部，路程相对较远。经过金沟屯的滦河沿村和荒地村，一条山路曲曲弯弯，穿山越岭，经沟过田，远远地便看到一个岔路口。往右手走，便是清水泉村了，往左手，绕过一个山弯，便到了西沟村。主村的路很宽，两旁都是平房，这一排平房中间便是乡政府所在地，它的旁边是西沟满族乡中心校。

进入校门，孩子们便围了过来，给来宾戴上红领巾。有一个小女孩儿，拿着红领巾，站在后排，怯生生地看着别人，我招手让她过来，她没看见，团县委副书记赵琳又召唤她，她还是没听见，我绕开人群走上前，她才踮起脚尖为我戴红领巾，我看着她踮着脚尖才意识到是因为自己个子高，于是蹲下身，让她为我戴好红领巾。此时，我不知道，姚小敏、徐雷、王丕屹，正都微笑着在背后看着我们，而这一幕被同事郝博然和彭明钏用手机抢拍了下来。

那时的阳光非常好，正像我的心情，虽然是初冬，却那么温暖那么灿烂。"娘家人"来了，来和我一起投入到扶贫工作中，而眼前这位可爱羞涩的小姑娘又和我们这群人一起组成了这么一幅温馨的画面，现在想起，依然历历在目，依然温暖如春。

仪式的进行始终沐浴在这温暖里，旁边同样沐浴温暖的还有海外网给孩子们捐赠的100套桌椅。

他们捐赠的还有打印机和投影仪，已经投入使用了，于是仪式结束后，大伙儿决定看看这些已经提前寄来开始为老师同学们服务的"礼物"了。路过三楼的时候，团县委书记李鹏提议看看学生们制作的剪纸，据介绍，此项手工在老师的带领下已经被市里评为非物质文化遗产。

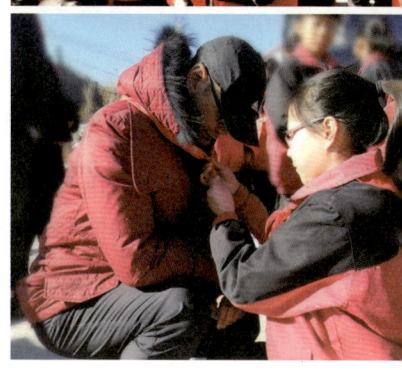

步入教室，那一张张剪纸跃入眼帘，与众不同的地方是剪纸的内容：里面有老师有学生，而这老师学生据说有特点，那特点就是剪纸就是他们自己；里面还有农村有田野，而这农村这田野也有特点，那特点就是剪纸就是这学校周围的村子。站在冬天的窗子前，可以想象这些生动的剪纸走入农户家，走上他们窗子上的情景。

进入另一间教室，看见桌子上摆着一个个笔架，笔架下是一张张宣纸，宣纸上有大大小小的字。看得出来，虽然字很稚嫩，有的甚至歪歪扭扭，但孩子们用心了。那温暖的阳光正透过边窗照在窗旁桌子上的一张习字上，上面写的是百家姓，这

个孩子写了一个大大的"杨",难道他也姓杨?恍惚间我仿佛看到了童年的自己正坐在窗下练字,时光就这样从那里流过来,像一条河,围绕在我和我的老同事周围。

　　下午,一行人来到了国歌广场重温入党誓词。当嘹亮的声音回荡在四周群山之间的时候,我的心突地猛跳了一下,那是因为强烈的触动,这触动来自于集体。我想到了报社,想到了海外版,想起了海外版时常支持关心我们的副总编辑李建兴、龚雯,捐书给滦平党校的副总编辑卫庶,捐赠报纸的编委赵永琦……

　　当他们的大巴离去的时候,我再次登上车和大伙儿说再见,同时开了个玩笑:"我赶紧下去了,要不会哭的。"在笑声中我下了大巴,站在路旁,看着他们纷纷贴在窗子上和我摆手,我心底升起一种莫名的感动。

　　当车子绝尘而去,消失在远方斜阳外时,我想到了孩子们的集体,想到了我这个集体,想到了我们扶贫这个大集体,想到了我们的国家,这种感动更加强烈,那共同奔向前方的势头,让孤独远去,让寂寞远去,让力量与我同行!

咱们都一样

记得刚来滦平的时候，便去承德市开了一个会，是交流汇报会，由副市长王成主持。

当时应该是我到滦平的第三天，一切都还是陌生的。在路上我抓紧时间阅读资料，一抬眼，但见天边旭日东升，一片璀璨。一路过去，山高水长，心胸一爽，未来变得那么近。

汇报时，我如实汇报了自己刚来的情况，同时介绍了我到滦平前和来滦平后所了解到的报社的帮扶情况：一是领导高度重视，李宝善社长、庹震总编辑、王一彪副总编辑、许正中副总编辑、海外版王慧敏总编辑、乔永清秘书长十分关心脱贫攻坚情况，进行重点调研并做出指示；二是加大新闻宣传力度；三是全社总动员，共同扶贫；四是动员社会力量，形成帮扶合力。汇报完后，我开始认真聆听其他同志发言。

我发现到场的大多是中央、国家机关到承德市各县区的挂职干部，初次相逢，看到这么多共同奋斗的同志，心里既感到踏实，又感到亲切。

会后，大伙儿没有立即走，找了个地方又进行了充分的沟通。谈完工作和经验后，人们开始聊起了生活，聊起了到地方来的感受，我大多时间是倾听，因为我挂职的时间最短，所以倾听和学习是必需的。在那个下午的斜阳里，我获得了许多宝贵的经验，同时也认识了很多志同道合的朋友。

我发现，到一个地方工作，面对一个新的领域，多参加会，尤其是交流会，是尽快进入角色的一个特别好的途径。交流会往往都是"同行同业"，他们的报告和发言就是你最好的学习材料，他们和你的聊天儿就是你最好的工作生活"指南"。这个时候，一定多听，多问，多联想。当然别忘了，要留联系方式，之后工作中弄不懂、想不通的时候还可以和这些同志通话，寻求建议和帮助。

人干事要有定力，要有主意，但一定要多听取意见，然后选择判断。听取意见时要虚心，也要内心清明保持定力，不要让别人来决定你怎么干，但要多询问他面对类似工作问题时处理的过程。一定要多听过程。

后来，一次去外县学习交流，在报告厅的过厅里竟然又碰到了上次承德开会认识的同为扶贫挂职的一位同志。两个人一见面，心里就自然生出一种亲切感，丝毫不勉强也不别扭。我们互相把着臂膀，站在春天的窗前聊了许久，窗外草地的小草正在努力地从地下往出钻。

还有一次，在外地参加扶贫大会，会议几天一直与同是报社挂职干部的一位同志在一起。我们一起去参加大会，一起参观扶贫成果展，一起候车，这个过程中，我感觉是一种"享受"，享受共同奋斗的时光。在阿里巴巴集团总公司参加培训了解阿里的扶贫项目的时候，认识了更多扶贫同人，他们都是在祖国各地的扶贫一线奋斗的同志。

每每在这种短暂的相聚中,我都有一种平实的兴奋感。什么叫"平实的兴奋感",这是我想了许久才想到的词,我觉得只能这么形容,好像这种感觉既不是激动,也不是踏实,却让人特别提神。

　　这种感觉同时发生在我看到当地任职干部工作的一点一滴时。一次开会,看到前排滦平县常务副县长曾庆鹏头顶的头发白了一大片,我刚来的时候,他一头的黑发曾留给我很深的印象。他正在认真地看资料,他正在调配相关工作,他头上的白色就像窗外的白色,正在阳光下闪亮。

　　我们都在奋斗着,都在为这个伟大的事业尽自己的一份绵薄之力。

一蓑烟雨任平生

躺在床上，白天骄阳下在村子里的种种工作时的片段，此时没有次序地跃入脑海，身上的紧绷状态好像还没有彻底放松，于是打开手机，想看看微信里人们都在说什么。

记得最初接触微信的时候，是在外地采访，当时看到人群中有个时髦的女郎一会儿把手机放在耳边听，一会儿又放在嘴边讲，不是打电话那样一直放在耳边，当时很好奇。很快自己便用上了微信，有一段也迷上了微信，渐渐地好奇感和新鲜感没有了，微信只是变成了社交的工具。那时朋友圈和微信群一时兴起，甚至还出现了许多现象。比如朋友圈的"越喜欢晒什么越缺什么"，微信群的"潜水"以及"一言不合就踢人"。

后来，因为工作忙和兴趣的转移，便很少看群里的信息了，为了信息和情面，还是保留了很多群。慢慢地，也发现越来越多的人不再看群，不再在群里说话，要说话就是有事。

刚打开微信，就有个朋友问候我，问我扶贫的情况。我给他做了较为详细的介绍，他听了后很感慨也很感动，建议我在群里发发自己的扶贫感受和情况，让更多的人参与到扶贫中来，集合各种力量多为贫困群众做事。他的建议让我心里一动，马上挑了几个比较活跃的群，发了介绍和邀请，邀请更多的人用各种不同的自己力所能及的方式参与扶贫，哪怕是几句问候。

一经发出，立即得到了很多的支持和响应，我去洗澡的时候，微信的绿色小标不断响着，有私信也有这几个群的回音。再次躺上床，打开微信，在众多热情的回信中，有一条特别扎眼的微信跳了出来：别再在这儿说扶贫了，我自己都穷成个狗，还扶别人！紧接着，又有一个人响应，说了很多讽刺的话甚至人身攻击的话。接着群里一片"死寂"。大家也许等着看我怎么反应吧。

我并没有立即愤怒回怼，也没有被他们影响，而是喝了口水，做好睡觉的准备，又在群里继续介绍完自己一个为残疾群众提供书刊的计划，然后关机、充电、熄灯、睡觉。

早晨 6 点醒来，打开手机，一大堆私信进来，是几个同群的朋友对两位的冷言冷语的愤慨，并且纷纷劝我回击或者退群。再看群里，这些规劝者并没有一个在群里发言。我笑了笑，说好滴（的），谢谢，回头聊。然后就起床去吃早点了。在去村子的路上，我给朋友们做了个统一的回复：谢谢大家关心，我会一如既往地努力，我希望每个人都多干实事，这不只是在帮别人，也是在帮自己，只要做事，你就会遇到风风雨雨，你要做的就是只管做自己的事，然后对冷言冷语一笑而过。

在田地里帮着一位老乡除草，蹲了一阵，站起身，闻到了绿色的清新；用手遮住阳光远望，汗水让内心欢畅；一片乌云飘来，下起了雨，跑着躲进村部……

回想昨夜的微信，看着窗外淋漓的雨，我心底有种莫名的满溢的充实的兴奋的情感涌起，迎着风雨在天地间闯荡。东坡先生在几百年前一场突如其来的大雨中吟道："莫听穿林打叶声，何妨吟啸且徐行。竹杖芒鞋轻胜马，谁怕？一蓑烟雨任平生。"

从窗外看进去

妻子来电话说起孩子明年上幼儿园的事儿，我放下电话不由地想起 2018 年深秋的一个片段。

天变得很冷，我穿了一件仿制皮夹克，在夜风里冻得直哆嗦。到达一所乡镇中心学校的时候，大巴的车灯照在大门口的牌子上反着光，我才发现天已经完全黑了。我们一行人，穿过空荡荡的操场，来到学生食堂。食堂里灯光明亮，工作人员正在打扫，孩子们刚吃完饭，现在在上自习。

食堂里很暖和，我冻紧的身子慢慢放松了开来，思维也变得活跃起来，把眼前的情景和小时候的片段相结合。这里的冬天和我老家的冬天很像，贼冷贼冷的。那时教室里没有暖气，需要生炉子，有时候上晚自习的时候还得戴手套。现在不一样了，食堂里有暖气，暖意弥漫在鲜绿色桌椅的四周。

大伙儿询问了食堂的伙食情况，看了后厨，然后又走回了寒风里。从食堂到宿舍只有一百米的距离，但寒冷的风却瞬间把我打透，那皮夹克穿在身上，就像没穿一样，此时不禁在心底感叹：山寨的就是山寨的，遇到冷风啥用没有。终于进到宿舍楼里，又一次迈入了温暖。我们推开宿舍的门，看看孩子们

的生活。每一个床铺都展现出孩子们不同的性格，有的把足球就放在床上，有的在栏杆上贴着偶像的小照片，有一个孩子的床头墙上，贴着范仲淹的"先天下之忧而忧，后天下之乐而乐"的字幅。我看到一张桌子上的卡通水杯上还冒着热气，杯盖翻着放在桌子上，另一张桌上，一本书打开着，用一只标有"学海无涯"的镇纸石压着。我仿佛能看到孩子们刚才匆匆忙忙跑回宿舍然后又跑向教室的身影，想起我小时候学习用品匮乏的那会儿，不禁感慨万千。

刚跨出宿舍门，一位同行的人说他带了两件军大衣，给我一件，披上军大衣，走在夜风里，心里、身上都暖融融的。

路过教室，队伍走在了前面，我独自站在教学楼一层的窗外，注视着屋内明亮灯光下的孩子们，看着上自习的他们，在暖和和的氛围里，有的认真埋头，有的交头接耳，各具神态，我仿佛看到了儿时的自己，也坐在这么温暖的教室里面，正在感受着当时的我应该感受的一切，我是身在福中知道福呢，还是身在福中不知福呢？那么到底什么是福呢？

一回头，我看到了教学楼和宿舍楼之

间的空档里，背景有一座小山的暗影映衬着，"站着"一台高大的自动售货机，那是一台与大都市写字楼里同样的自动售货机，它那闪亮亮的外壳和里面光鲜的货物回答了我刚才自己问自己的问题：

我现在披着军大衣，身上感到温暖，注视着下一代在温暖的教室里学习，想着自己孩子的学习环境会越来越好，我的内心此时是感到幸福的。不知孩子们能不能和我一样想？

不过，他们肯定不知道，有一位叔叔此时正在窗外的黑影里温暖地注视着他们。其实，我们每个人都有这样的经历，经历着不知不觉中被关注的幸福。

等着我们去书写

　　活动还没开始，在等驻村第一书记，我想赶紧去下卫生间。一打听，卫生间不在教学楼里，而是在楼下的院子内，我便匆匆下楼，楼梯拐来拐去，竟然找不到出口。一群孩子在楼道的另一头，跑过来问我："叔叔干吗呢？"我说找卫生间，孩子们七嘴八舌地给我指路，其中一个扎马尾辫的小姑娘，脸蛋儿红扑扑地自告奋勇带我去，又有几个小朋友都跟着，于是，我们浩浩荡荡的队伍"开赴"卫生间。

　　走到半路，突然上课铃响了，我让孩子们赶紧回教室上课，他们冲我指着那边说，就在那边，您自己去啊，然后叽叽喳喳地跑了，瞬间冬天下午的斜阳安静了，安静而欢快地看着我转身匆匆往前。

　　从卫生间出来，一个小男孩儿和我撞了一个满怀，他满头大汗，红领巾有些松了，有点儿歪地挎在脖子上，脸上一道一道的，一边嘴里念叨着"迟到了，迟到了"，一边接着往里跑；跑了两步，站住，冲我敬了个队礼，笑着说："叔叔好！"然后又慌里慌忙地朝里面跑去。我回到座位的时候，还在想着刚才这一群孩子，想着他们那股可爱劲儿，不禁嘴边一直挂着微

笑，害得旁边的人问我是不是接媳妇儿电话了。后来听说那群孩子里有很多都是贫困户的孩子。

我到滦平后，家人怕打扰我只来过两次看我，都是待了两天，而且谁都不知道。第一次是我刚到滦平不久的周末，我回北京取东西，周日回滦平时岳父岳母和媳妇儿还有一岁多的儿子一起送我。在回滦平的路上，我查了查党校附近有哪些饭馆，

情感 | 101

到了滦平我们便直奔那家饭馆，一家人一起在滦平县城开餐。

儿子对什么都好奇，我告诉他这是爸爸工作的地方，他有些困惑，就往一个方向指，我知道他的意思，是说我不是在报社工作吗？我就给他讲爸爸现在有两个单位，一个是报社，一个是挂职的滦平。说完他点了点头，不知道他真的听懂没有，反正后来别人一问他爸爸呢，他就说"班"，问他在哪儿上班，他就说"滦"。

那天在滦平，下起了大雨，他们去我的办公室看看，到办公室的时候，我下了车进楼，岳母抱着儿子在车里，逗他说不要你爸爸了咱们走，以为他听不懂，没想到他竟然哇哇大哭起来，那眼泪流得就像车窗上蜿蜒的雨。后来真的分手时，妈妈、姥姥就告诉他爸爸要在这儿工作，很快还会回北京看你的，他好像懂事一样点了点头，真的就没哭。

他们的车开走了，我打着伞站在街口，想着儿子的样子，心里说不出什么滋味儿，既不是悲伤也不是揪心，只是觉得满满的，干干净净的。这种感觉就像我那个冬天在小学里对着斜阳微笑时的感觉，感觉生活充满了希望，就像一张大白纸齐刷刷地在眼前一下子铺了开去，等着我们和孩子们挥笔描画不一样的瑰丽人生。

「风物」

走过来的闪电

回到宿舍，窗外还是阳光灿烂。这时，天边突然出现一条黑影，就在远处山顶。那黑影迅速向这边移动，我去倒了杯水，再回到窗前，那墨色的云竟然已扑到了窗前，转眼所有的阳光不见了，乌云低沉，仿佛与宿舍楼的房顶平平相接，而墨色深处，隐隐开始响着"愤怒"的雷声，吹动过哪吒混天绫的风吹动着窗帘。

不多时，雷声大作，硬币大小的雨点砸了下来。与此同时，第一个闪电出现了！就在山与乌云相交处出现，闪动着恐怖的白色，竟然就那样面对面地向我走来。我吃惊不小：这是第一次看见闪电就这样以平视角度向我走过来！以前闪电都是在头顶，在雷声的起处。如果不是亲眼所见，我绝不会相信这样壮诡的景象会"活生生"地出现。

闪电就那样走进了窗子，我后退了几步，它就在雷声响起的时候在窗前的衣架旁倏忽间消失了。我静静坐在屋子角落，让这近似《冰与火之歌》巨龙喷火壮阔的场景和《球状闪电》量子空间诡谲的想象，尽情洗礼着自己。是啊，有些事情，只有亲身经历，才能真正体会。

这是我刚刚来滦平扶贫时见到的第一场暴风雨，转眼之间，很长时间过去了，离8月底的雨季还有三个月，而这段时间在我身上到底发生了什么？在这扶贫的过程中，我又体会到了什么？当我握紧瘫在床上病人的手看到他床头陪他度日的杂志的时候，当我被易地扶贫搬迁的新房窗明几净晃得睁不开眼睛的时候，当我在手术台上麻药劲儿上来之前权衡报来的数据的时候，当我站在废弃玉米地用手踏踏实实触摸土地的时候，我都在考虑一个问题，现在的我，到底发生了什么变化？这些变化到底让我体认到了什么？

一天晚上，我们陪着来滦平采访的记者在平坊乡采访，星光下四周玉米叶在沙沙作响，仿佛交头接耳说着什么。一位滦平的工作人员眨着大眼睛问我："你来这儿挂职和以前有啥不一样吗？"这一问把我问住了，不是我没有答案，而是千头万绪答案太多，我考虑了一会儿，说道："要说不一样只不过转了个身！而就这一转身，却天差地别。"

以前，我是采访者，现在是被采访者，或者说是被采访团体里的一员。假如设定采访就是面对面站在这里，从采访的角度到被采访的角度，只不过转了个身，可是工作的性质和自我的感知完全不同。而我一个人有了两种视角，思维也逐渐建立起立体的模式，所以未来无论在哪里工作，我相信都会有不一样的思路和视野。

在来滦平扶贫前，和人事局程庆民局长、干部管理处庞宇静处长谈到我为什么要报名去挂职，我提到了王阳明的"知行合一"："未有知而不行者，知而不行只是未知。"要想知，就要行，要想为人民服务，就要走到田间地头去，要想解决"两不愁、三保障"，就要走进贫困户的家里，尝尝手压井压出的水，就要去危房改造工地看看刚刚垒起的砖……就像那个雨天，只有看到了那走过来的闪电，你才能体会到大自然的瑰丽和震撼。

这里的谷，这里的"营"

滦平县是国家级贫困县。贫困的原因多样而复杂，但肯定和一点有关，那就是地形多山。

初到滦平时，发现从县城走回宿舍要上坡，从县城走到办公室也要上坡，每天上下班就是下了一个山坡，再上一个山坡，夜晚甚至可以站在县城里某个角度俯瞰整片的灯火。刚到这里，我就发现，北京随处可见的小黄车、小蓝车，在滦平几乎是看不见的，这里的人大多数骑的都是电瓶车。有人说是共享单车的运营问题，我觉着，很大程度上和地形有关，在这里骑自行车还是比较费劲的。

滦平县属于"八山一水一分田"的山区，位于燕山山脉中段，是内蒙古高原与燕山山地的过渡带，全县平均海拔700米。这里以山地景观为主，高低差较大。全县山地面积占总面积的87.6%，所以可使用的平地面积相对较小。这对于千百年的农耕经济结构来说，肯定是一大劣势。

来滦平后，下乡入户成为常态。下乡时，我发现这里乡村的一大特点，那就是，很多村子都位于山谷或叫山沟之中。有的是一谷一村，比如行政村铧子炉村的自然村东山村；有的是

古戏台

这里是宋辽古驿道上十分罕见的古戏台,由石头垒砌而成,在戏台上沿镶嵌着巨大的长方形石条,建筑历史悠久,美观大方。最早建设年代尚无考证,清代这里逢年过节或是盘云寺庙会期间都会联唱几天大戏。京剧、河北梆子、莲花落(评剧前身)在这里都很受群众欢迎。解放后,随着盘云寺的拆除,古戏台被废弃和损坏。

一谷数村，比如庄头营村、东营村和北马圈子村。村子位于山谷中，交通不便，信息也相对闭塞，可供大面积耕种的土地也较少，所以这一点的致贫原因是由来已久的。

俗话说，有一弊必有一利。辩证地看，有的特点带来某一项劣势，但从其他方面，我们加以开发改造，可以"变废为宝"，甚至可以创造奇迹，化劣势为优势。我每每徒步在山谷之中，边走边会陷入思考，如果是我来布局，我会怎么做？今后，我会继续分享自己的心得和构想，同时努力联络各方面力量，得到更多的支持，争取将构想变为现实。

说到山谷、山沟，其实滦平县城也是在一个大山沟里，仿佛是两山夹的一条通道。不错，从某种意义上说，它就是一条通道！

清朝前期，因满族人好骑射、善渔猎，于马上得的天下，所以皇家为了保持勇武的传统，大行春渔秋狝，而去避暑山庄避暑更是家常便饭。从北京去承德、去避暑山庄、去坝上草原，皇室北行，要过滦平。据载，康熙、乾隆、嘉庆、咸丰四位皇帝往返滦平230次，目前发现的5条御路、8座行宫、8座敕建庙宇便是实证。御路文化、驿路文化，如今是滦平一张亮闪闪的名片。

我第一天到滦平，便去了于营村，当时我就对这个"营"字，留了一分意。后来频繁出入乡村，发现滦平到处都是"营"，什么马营子、下营子、孙营、东营子、陈营、官营子，等等，可以说是不胜枚举。一开始，我在谈话时，经常会向当地人包括工作人员、专家和村里的老人，询问"营"字的由来，结果众说不一。比如，有人说这就是村子的一种叫法，也有人说，

和古代军队有关。查阅古代汉语词典发现，"营"字作为建筑名谓和地名时只有军营一解。后来我查阅了一些文史资料，参照其他地方的营、屯名谓的由来，基本断定地名中的"营"的最初源头大多和军营有关。

别忘了，这里是清朝皇帝的"御道"。古时，皇帝出行，必然携带家眷、大臣、太监以及各种工匠，当然护卫和军队是必不可少的。军队，一走一过，必然安营扎寨，而且有一部分人就此留了下来，久而久之就形成了"营"的称谓。

在乡间徒步，走过一个个"营"，穿过一条条沟，看着天上的浮云，听着谷中的溪水流淌，你会有一种穿越的感觉，感觉历史和自然离你都是如此的近。一次，炎日当头，我走得累了，干脆坐在一片树荫的地上休息，听周围虫声四起，我又陷入思考：未来，脱贫攻坚和乡村振兴将是无缝对接，这里的一切寄托着一方百姓的生存和发展，而这谷这"营"，这自然这历史，这座山这条水，到底怎样整合，才能融合成一股洪流，流向光辉灿烂的明天……

玉米地和旅游

　　下了公路，走不了几步，就进村了，村子就这样长长地沿着山谷"走"进绿色里面。东山村，是铧子炉村的一个自然村。

　　沿着唯一的村路，蜿蜿蜒蜒地再走几步，公路上的车声就听不见了，取而代之是满耳的鸟鸣。一位大娘正蹲在院门口的一棵大榆树下，打理她刚摘的野菜，看到我们笑了笑，没有任何惊奇陌生的表情。我们向她问路，她不慌不忙地给我们详细地介绍，慢慢地站起身，伸出手指着我们前面的方向。

　　村子的尽头，没有了水泥的村路，只有一场大院和一所小房，站在那里守望，小房旁边，一条小土路曲曲弯弯地钻进山沟里面。一位大爷正坐在小路旁的大树下，休闲地抽着烟。

　　我们看到他摆弄着一个弹弓，就忙着问他是不是打鸟，他告诉我们，以前他喜欢打鸟，而且百发百中，后来提倡环境保护、爱护动物，于是他也就"金盆洗手"了。平时喜欢自己"绷"弹弓子，然后对着石头、废瓶子练。说着，还对着山谷里的一块石头，打了一发。

　　我们又和大爷聊了一阵，便掉头往回走。回过头去，老人在树下拿着弹弓悠闲的身影渐渐变成了一个小点儿。前面，村路旁干涸的河沟上，出现一座自己搭建的小桥，说不上别致，却和这里的山水非常契合。据说对面山上有田地，我便过了小桥，上山。

一条山间小路，很陡，我幸好穿了一双较旧的登山鞋，结实的鞋底正在尘土飞扬中奋力向上。"小心蛇和野猪！"同行的当地人在山下冲我喊，我放慢了脚步，一边小心翼翼地拿着一根木棍探路，一边在心底对这里的自然环境产生了一种恬淡的喜悦之情。

树枝在与我的衣服纠缠了一阵之后，柳暗花明，一片坡地出现在眼前。我蹬着一块岩石，爬上了坡地，一片荒芜跃入眼帘。这是一片废弃的玉米地，只剩下秸秆的尾端，一撮撮地站在阳光下，露出地面的一小节展示着曾经的郁郁葱葱。

我用手捏起一小撮儿土，看了看色质，又闻了闻，"土应该没问题。"我对赶上来的当地人说，他喘着气回答："是农户不种了的地。"

来滦平以后，多次向人询问起这里的种植情况，一位满脸风霜的大爷的话最有代表性："滦平山沟沟多，平整的地少，有点儿地就种玉米，这里比较适合种玉米，但现在卖玉米卖不了几个钱儿，好的时候一亩地一年卖个三四百块钱儿，不好的时候，也就卖个一二百块钱儿，所以我们过去穷啊！因为离县城近、离北京近，很多人都去打工。"

看着眼前的地，我思绪万千。如今，通过各种政策的有效推进，滦平的老百姓已经基本摆脱了贫困，但乡村振兴就摆在眼前。如何让有效环保的发展带动乡村"腾飞"起来，是摆在每一位基层干部面前的机遇和挑战。

太阳似火，正在发呆的我被灼伤的感觉惊醒，赶紧下了坡台，站在一棵大树下向四处瞭望。此时湛蓝的天空中，一朵白云悠闲地飘过，四处枝叶繁茂，毫无人声，只有虫叫和鸟鸣组织着一首交响乐。小房、小桥以及打理野菜大嫂和绷弹弓大爷的身影此时都一股脑地融入这首宏大的乐曲中，奏响我对未来滦平开发原生态旅游的畅想曲：也许，不久的将来，这片玉米地又郁郁葱葱了，很多游客正在山下的农家院里品尝着那老玉米的香甜。

酷冷和暴晒

站在正午的太阳下工作，突然觉得胳膊一阵刺痛，原来是皮肤晒得时间长了，有些微的灼伤。滦平的天气是这样的，早晚温差大，阴阳处温差大：有时候白天穿短裤背心，晚上就得穿夹克牛仔裤；阴凉处挺凉快，一到阳光下，皮肤能被晒得冒烟。

与北京距离如此之近的滦平，在冬天，却比北京能低十几摄氏度，甚至几十摄氏度。2018年刚过国庆，早上，我开车上班，一上车，前窗玻璃竟然结了一层厚厚的霜花，还挺漂亮，就是根本看不到窗外。

2018年冬天，一次活动，只能在室外举行。北风呼啸，吹得人站都站不住，有水的地方结了厚厚的冰。穿着迷彩军大衣，身上还好，就是耳朵鼻子被冻得够呛。到我讲话的时候，握着讲稿的手被冻僵，勉强用食指和大拇指夹住稿纸。看到穿着比较少的人瑟瑟发抖的身影，我灵机一动，将重要的地方简要说明后，结束了讲话。

滦平这样的气候，和它"身"处山区有关，再加上它的通道式地形，所以造成了有些极端的"天气脸"，正如我在另一篇笔记中介绍的极端天气现象——走过来的闪电。

滦平农忙季节一年只有三四个月，漫长的冬季是滦平季节的"主旋律"。所以，滦平的贫困和冷也有一定的关系。在这里，靠天吃饭是无法摆脱贫困的，产业脱贫、旅游脱贫、智慧脱贫，才是滦平稳定脱贫的长久之路。怎样对付冷，怎样用好冷，也是未来开展乡村振兴，滦平所要面临的机遇和挑战。

草房里生着炉子，但还是不太暖和，因为四面走风漏气，火炕在不停地烧，躺在上面就像躺在火焰山上，一晚上嘴里就长出了火泡；但是穿鞋下炕的时候，却要披着棉衣，因为屋里其他地方冷得能呼出哈气，去窗边的桌子上拿起缸子喝水，却发现里面的水结成了一个冰坨。这是过去滦平冬天的景象。

如今，经过脱贫攻坚的危房改造，房子不但结实、温暖，而且外观漂亮，红色的顶子在冬天白色小山的围绕里，醒目、雅致。

快到年根儿了，坐在贫困户家温

暖如春的屋内，用手摸摸火炕，发现温温的，一点儿都不热。听他们介绍，现在屋子暖和了，炕也不用烧那么热，省得一冷一热容易感冒。

坐在既不热又不凉的炕上，听着大伙儿说着准备年货、去谁家串门儿的事儿，我觉得滦平的冬天也没那么冷了。

普通话来自这里

从小，因着相声小品，我就对方言充满了兴趣。爽利流畅的北京话"哟，这大半夜的，谁呀，咣当一声，怪吓人的""二哥，是我，还没歇着哪，我就是上趟便所"；幽默俏皮的天津话"二子他妈妈，拿大木盆来，可赶上这波了"；豪爽风趣的东北话"哎呀妈呀，这脸上也扑白面儿了，嘴上也搁红线儿了，一看个儿挺高啊，原来脚底下垫垫儿了"。

工作了，因着工作关系，走遍大江南北，就着各地的风情百态，领略了各种方言的况味，甚至学会了好几种方言的发音方式，但是生活中主要还是以普通话为自己的"母语"。

第一天到滦平，大巴车下了高速，首先映入眼帘的是一块巨大的石头，上刻"普通话之乡"，当时颇感惊讶。后来了解到基本情况：1909 年清政府将北京官话命名为"国语"；民国时也多次制定标准，1918 年北洋政府公布了第一套国家认可的国音注音字母；1923 年国语统一筹备会第五次会议决定基于现代中国北方官话的白话文语法和北京话语音来制定语音；1932 年经国民政府教育部颁布《国音常用字汇》后，确定"国语"音标；中华人民共和国成立后，1953 年以北京市、

风物 | 117

承德市滦平县为普通话标准音的主要采集地，制定标准后于1955年向全国推广；2000年，《中华人民共和国国家通用语言文字法》确立了普通话和规范汉字作为国家通用语言文字的法律地位。

那滦平为何成了普通话标准音采集地？这得从我们熟悉的北京话语音说起。十几年前，一到北京，那京腔京韵的北京话便扑面而来，吞音、省字儿、儿化音是我们认为北京话最明显的标志。有人举了个生动的例子，比如"西红柿炒鸡蛋"，北京人说快了就成了"胸是炒鸡蛋"，而"中央电视台"说快了就是"装店台"。这就是我们一直认为的北京话。其实，北京话的发音分两种：一种叫首都雅音，也就是首都官话、北京官话；另一种是首都胡同音，也叫北京胡同音。咱们常说的北京话其实就是北京胡同音，也就是一些人说的北京外城话。

由于人口迁移和政治文化的变更，位于北京的北京官话变得多种融合、色彩斑斓。而当采集普通话标准音的工作人员徘徊在北京大街小巷的时候，或多或少地产生了迷惑。

滦平，位于长城之外，明朝时期，为抵抗长城外的武力侵扰，将人口迁往关内，在长城以外形成了一片很大范围的军事隔离区。实际上，包括滦平在内的很大一片区域成了某种程度上的"无人区"。滦平近200年的"无人断层"洗掉了这里原先的方言，为后来滦平的语言打下了零的基础。清朝时期，旗民在滦平开田建庄，而皇帝多次经过滦平，也为滦平带来了大量的皇亲贵戚以及为皇家服务的人员。而这些人所使用的语言大部分为北京官话。

1953年，当时的中央人民政府政务院派出的为制定中国通用语言规范进行取音考察的语言专家，在滦平的金沟屯镇、巴克什营镇、火斗山乡三地进行了语音采集。作为全国规范，普通话需要音节口型顺畅，声调简明，易于分辨，适于广播、演讲和日常交流。从后来普通话的规范来看，滦平日常的语言非常符合这些标准。滦平话音准分明，字正腔圆，语调比当时的北京话要"硬"一些，显得直接、清晰、明确，尤其是没有北京胡同音那种儿化、省字、尾音等发音习惯，易于学习推广。1955年10月，"全国文字改革会议"和"现代汉语规范问题学术会议"召开，将汉民族共同语的正式名称定为"普通话"。"普通话之乡"的名称由此而来。

在滦平开展扶贫工作，语言方面没有障碍，走到任何一个村，碰到任何一个人，都可以用普通话顺畅地交流。有劳动能力的贫困人口去找工作，也有语言方面的优势。所以滦平的产业扶贫和就业扶贫在用工语言方面有着"先天"的条件，比如接线服务外包业务。现在的滦平正处在脱贫攻坚与乡村振兴无缝对接的重要时刻，希望普通话之乡的优势能得到更多的挖掘。

滴水的村庄

下乡入户，很多时候我喜欢一个人开车或打车或徒步去，用更安静的眼光去观察，去发现。2018年深秋，我第二次去张百湾村，没打扰任何人，自己从村头走到村尾，然后走出村子，绕着整个村庄，穿过玉米地，跨过小河，走了很久。站在玉米地旁，看着农民们收集秸秆用来烧火，鼻子里闻到远远的烧地的味道，初冬迹象已经在不远处的一带山前环绕的薄薄的烟中显现了。

后来绕到村后的时候，没了路，我便将裤管扎进袜子里，从荒草乱树中"蹚"了过去，那草，深的地方有一个十岁孩子那么高，草丛里不时还有窸窸窣窣的响声。出了草窝，我的黄色旅游鞋和黑色裤腿儿上爬满了绿色的苍耳，蹲在村口，我摘了许久才差不多摘干净，而其中一两个还偷偷跟我回到了宿舍。我让这几只苍耳在我鞋上挂了好久。

因为，每当看到鞋上的苍耳，就仿佛闻到了那荒草的味道，也感觉到了那次后来秋雨打在落叶上沉沉的感觉。而通过这种味道和感觉，我仿佛触摸到了那个村子的内核，仿佛活在了村民的每一天晨起晚睡的生活当中。于是，我有了一个小小的经验：想了解一个村子，我就会在访谈、调研之前，先独自到村子里和村子周围去转转，随便和田间地头的人聊聊，能赶上搭把手的时候就搭把手，这样的过程会为以后的工作和写作奠定扎实的基础。那种感觉上的预习与查阅资料是不同的。

2019年初夏，天很阴，像要下雨，我便带了伞动身去之前去过的滦平镇北李营村。

雨说来就来，打得我黑色的伞叮咚作响。还好，路是水泥的，不泥泞。我索性放缓了步伐，悠悠地走到村子里去。沿路看见柴木搭就的篱笆在雨里显得黑湿黑湿的，它围住的玉米叶正聚在一起欢笑。突然跃出的童年在村屋旁、柴堆旁、田野里"举着伞"，徘徊。

雨也说走就走，没有一丝犹豫，倏忽间便云开雾散，一道似有似无的彩虹，挂在一排白杨树后。村子文化广场上些微的积水，此时泛着天光，竟然幻化出一个镜花水月的村庄；而此时村子里所有的树，都仍在晴朗中下着雨，把村子把田野把地面把篮球架把眼睛把心情洗得干干净净。那滴滴答答的声音，弹奏着村庄最动人的黑白键。

整个村庄都在这晴朗中鲜嫩地滴着水。

这一句，是不是也像《七里香》中唱的那样，很有夏天的感觉。有人也许会说，这散文的情怀和村情村貌、和扶贫有什么关系，我想对你说，正是这样的感觉和情怀让我更加深沉更加浓烈地爱上自己的工作。

炊烟袅袅的价值

一条路弯弯转转，左手是田野，右手是山。走，一个人，天上的骄阳作陪。草帽是二十年前的式样，白衬衫湿淋淋地回忆着会上的文件，脚步在丈量工作和生活的重量。

从庄头营村开始走，独自徒步，每一次走都有不同的体会。三个村子在一条沟里，越往里走，人家越散落，三三两两在山坡上、在沟底。

正是午后，路上没有人，四周虫声纷繁，越显得这条山沟里的寂静。沟很深，路很长，草帽靠近头的一圈已经湿了，皮肤开始有些疼。赶紧走到树荫下歇一会儿，拿起草帽给自己扇风。这里就是这样，阳光下是"酷暑"，树荫下是"金秋"。一阵风来，吹走了热汗，吹来了无穷的惬意：田地的绿色从树荫外一直向远处延伸，与远山的绿色无缝对接，一起向上，再向上，结果一下子投入到蔚蓝的怀抱中去。

再往里走，远远地看见天上白云翻滚着，向我头顶上方卷来，哎哟，怎么有一片云掉到了地上？！而这云还在地上奔跑，越来越近，越来越近，原来是一片羊群的"白云"，我一下就被这片白云裹住了。

再往里走，路旁的小溪里，几只鸭子欢快地嬉闹着，不远处一匹马独自饮着水，没有鞍，没有嚼子，光亮亮的背仿佛映着天光。离马大概十余步的树丛突然哗啦一动，一位大姐穿着马靴抱着一捧长草走了出来，看见我笑了笑，我冲她摆了摆手，继续往前。

再往里走，几栋房屋空洞洞地站在路旁，静静地听门前荒草摆动的声音。这条山沟的深处，空房子越来越多。最深处，村子里一位骑电动三轮的大哥指着前面说，翻过山就是丰宁了。于是我往回走。

走走停停，已是黄昏，太阳不再灼人，而是站在山的上方深红地"注视"着满谷的树、田、村屋，还有我。斜阳外的风景呈现着深绿，一缕炊烟从深绿的内部袅袅升起，升起了安详。

经过多次的徒步考察，我之前考虑的关于滦平的旅游发展问题，现在有了个初步的不成熟的想法，也算不上答案吧：滦平的山谷众多，很多村子都分布在山谷里，而滦平县城周围也有很多山谷里的村子，有的地方从车水马龙的城市街道一拐弯儿就进了山沟。那么，可不可以打造一座山谷中的城市呢？

　　可以通过招商引资或者其他方式，将条件具备的山谷包装打造成吃住行游购娱一体化的旅游观光生活区，以每一条山谷的风土人情以及文化特色区分成不同概念的山谷旅游区，然后概括总结其内涵加以命名。我权且打个比方，比如炊烟谷、幽云谷、驿道谷、梨花谷、秋狝谷，等等。

"活"在今天的昨天

周末，从一家贫困户出来，树下站着一位穿着蓝色布褂的大爷，看见我就微笑着问我干啥呢。很快，我们就聊了起来，天南海北的，看样子大爷是村里的"大明白"，知道的东西真多，不过他始终不知道我是挂职副县长。日头从偏东，转向头顶，又转向西，树叶间漏下来的阳光静静地听着我们说话。

聊得兴起，大爷邀请我去他家看看，因为要走访的几家贫困户都不在家，又正想通过大爷了解一下村里的"本土文化"，我便欣然前往。到了大爷家，大爷颤巍巍地打开老式的翻盖箱，掏出一个锦缎盒子，盒子很大，不知放的什么。大爷没有马上打开，而是把我叫到院子里，坐在小桌子旁的小马扎上，给他自己倒上一杯茶，才神秘兮兮地打开盒子……

我一看，是一块石头！大爷看出我的失望，慢慢地把石头翻过来，上面竟然有一条鱼！严格地说应该是一条残缺不全的鱼。这鱼的形状很怪，与现在大多数鱼的样子不同。大爷介绍说，这是一条远古时期的鱼，是他一次锄地时从地里挖出来的。大爷又给我看他门后的一个小水缸，那里面放着

风物 | 127

许多大大小小的石头，都是化石，但只有这一个鱼化石最为完整。

这让我想起刚来滦平时去参观新一中。当时新一中有几个地方还没有完全完工，一位爱好古代文化的新同事把我拽到一个工地前，然后一下跳到碎石堆里，在里面翻找了起来。我正奇怪他找什么，他便拿着一块小碎石过来给我看，上面有一个模糊的影子，那仿佛是一种植物的残存部分。

这位新同事告诉我滦平的化石很多，这里没有特别完整和清晰的，以前他们在田地里或是在工地上，都能发现好多比较完整的化石，其中比较好的他们都会捐给相关部门。

灯下，关于化石与我的邂逅使我摆脱了白天繁忙节奏的束缚，开始自由地在我冥想的海洋里遨游。我决定让冥想变得科学，于是，打开书本和电脑查阅资料。

在地球历史上的太古代和远古代，滦平地区是一片汪洋，后来陆地上升，经过造山运动，滦平所在的这一片古燕辽海域化作了红色的沙砾岩层，形成了沧海桑田的风貌。今天到滦平的碧霞山，还可以窥其一斑。二十世纪七八十年代，滦平在施工中发现了恐龙蛋和恐龙骨头化石。1995年8月，在安纯沟门发现了恐龙足迹化石。

滦平远古的历史，在夜灯下，像一条小河缓缓地流动，流到我如今在滦平的扶贫工作中来。历史文化的张力在滦平的发展中如何发挥作用，恐怕是今后滦平乡村振兴工作中需要考虑的问题。

山戎文化烁古今

登上楼梯，周围的色调深沉而不阴暗，一步一步，渐渐仿佛回到过去，接触到历史的本质。我陪着报社的记者，走进滦平山戎文化博物馆。一层、二层，时光在推移，战国时期的滦平呈现在眼前。

1976年初秋，滦平县兴州公社的一个村子正在进行农田基本建设的乡亲们突然听到了高音喇叭里传来了惊人的消息：工地上发现了古墓群！消息很快传到了县文物部门，他们立即派人来到现场，于是，便有了当年10月份至1979年春近三年的考古发掘。经过考古工作者的努力，共发掘古墓葬近百座，出土文物千余件。发现了许多青铜短刀、动物形牌饰、削刀、玉石饰件等文物珍品，具有非常明显的土著民族特色。这是滦平考古史上第一次完整的大规模发掘，据县专家王国平介绍，"山戎文化"这个概念由此诞生。

从1976年到1993年考古发掘，揭开了西周至春秋时期处于奴隶社会阶段的山戎族神秘的面纱。

据《史记·匈奴列传》记载："唐虞以上有山戎、猃狁、獯鬻，居于北蛮。"这说明，在唐尧、虞舜的上古时代，就已

有山戎一族，居住于中国北方。据滦平山戎文化博物馆馆长张艳平介绍，近年来考古与史料证明，事实上，山戎自为一族，在春秋战国前一度相当强大，在河北北部、辽宁西南部和内蒙古东南部曾建立了孤竹、令支、屠何、无终诸国。山戎势力强大，不断南下侵扰中原，与鄂、齐、燕、晋等中原诸国，屡次发生大规模的战争，这就是历史上的"山戎痛燕"等事的背景。自然，中原诸国也不断攻伐山戎。

从史料上可以看出，山戎是生活在燕山一带，以林中狩猎和放牧为主的游牧民族。但是，随着历史的变迁，山戎人在游牧的同时，逐渐开始了农耕。山戎曾栽种冬葱和戎菽，享誉塞北。《管子·戎篇》载："（齐桓公）北伐山戎，出冬葱与戎菽，布之天下"。

春秋末期，山戎逐渐衰落，后被消灭掉。王国平说，承德是古老山戎民族的腹地，滦平是山戎人活动的核心区域之一，所以滦平所出土的文化遗存是比较"原汁原味"的山戎文化。

风物 | 131

出了博物馆，来到山戎文化森林公园，公园三山环抱，青翠围绕，远远地看去，公园中心广场有一尊巨大的雕像。走近了一看，是一个半蹲着的人身，托着下巴，令人吃惊的是，他托着的是"青蛙"的下巴。原来这是山戎的图腾——蛙面人身雕像。这尊雕像高高地蹲在这里，给整个广场蒙上了一层神秘的面纱，周围群山上风吹树叶的沙沙声竟然也有了奇瑰的格调。

　　来滦平之前，没有想到这里会有这么深的历史文化积淀，也没想到这里的文化潜力是这样的深厚，这积淀这潜力给我们发展旅游来带动脱贫和促进乡村振兴以无限的想象空间。

古道悠悠看古今

　　从早上起，一共去了四个村子，到十八盘村的时候已经接近正午了，刚刚上任的村书记患了脑中风，我们见到他的时候，他行动和说话都很迟缓，很多工作还是由老书记来操持。

　　谈完扶贫工作，已是午后，我们准备返回。老书记建议我们到附近的古驿道看看，于是我们问明了具体位置，便告别了老书记，走上公路旁的一条羊肠小路。

　　没走多久，公路上的车声就完全听不见了，只听见周围的虫鸣声，高高低低，仿佛在诉说着什么。走了一段，前面看不到路了，把裤管扎紧，开始爬山。刚开始荒草丛生，看不出什么，而太阳毒了起来，烤得胳膊生疼。

　　再往上，发现地面也返起热来，仿佛一面大镜子。刚才不还是荒草满地吗？仔细一看脚下，发现这里出现了山路，而这山路不是草丛间的小土路，而是一大块石头一大块石头组成的路。起初，还看不出来，只看见一些大块的石头，由于年代久远，棱角已经磨灭不清。继续往上走，就开始看见了这些石块的形状，应该是一块块的长条石。

　　走到山顶位置时，还看见大石上有一道道长长的车辙，据

风物 | 133

说这是铁辘子车压出的痕迹。太阳更毒了，午后阳光下达到了温度的顶点，在阳光的照射下，有些中暑的感觉，因为滦平温差大早晨出来穿得太多了。晕乎乎的双眼，恍惚间仿佛看到一队推着小车的旅人从这个山顶隘口经过，他们挥汗如雨，站下来手搭凉棚四下眺望，然后不停地用毛巾擦着汗，突然一阵风来，吹动了毛巾一角，身上爽快多了。

现实中，真的有一阵风吹来，中暑的感觉也好些了。据说，这里从宋朝开始，便是宋辽来往的古驿道，不但老百姓贩运货物走亲访友地来来往往，而且很多宋朝名士出使大辽都是经过这里。今天，在滦平县城内，县政府附近，你会远远地看到一个巨大的铜敦，铜敦所在是一个小小的广场，广场上围绕着铜敦有一圈雕塑，那里有王安石、包拯、欧阳修等许多古代名人，这些人都曾经到过滦平。

穿过山顶隘口，继续向前走，在荒草之中抬头一望，一个高处所在有一座像台子一样的石堆建筑，旁边一块石头上字迹模糊：古戏台。原来古人在行旅中也是倍感寂寞无聊的，没有手机可看，就搭这么一个戏台，花点儿钱看看戏也可以暂时忘却思乡之情。

　　再往前走，还有两块巨大的摩崖石刻，上面刻的是梵文的六字箴言。石刻附近树木较多，终于可以站在树下缓解一下酷晒了。树下一站，清风徐来，放眼四望，但见群山灿烂，古道悠悠，思古之情油然而生。想一下，今后此处若有游客，定会与千百年前的旅人有些暗合的心情吧。

明清"风"过　史册觅踪

　　密密的雨斜织着，织出了水嫩的绿色，脚下的泥泞思念着午饭的香味儿和屋子里干燥的温暖。草坡上没有人影，只有一两只羊在淡定地寻觅，仿佛寻觅这里过往的痕迹。在食堂吃完饭，付了这几个月的饭钱，打着"踏实"的伞，回到宿舍，没有困意，于是拧开窗前的小灯，"点亮"了阴雨天的干燥，翻开厚厚的滦平历史，闻着雨的味道穿梭在时间的痕迹里。

　　20世纪五六十年代，一具黑黝黝的铁筒被人不知怎么运到了巴克什营炼铁厂，它躺在红通通的熔炉前，丝丝缕缕的红光映照着那仿佛有些发绿的表面，它，正在等待被冶炼的命运。当两名工人抡起锤头准备砸碎它的一瞬间，突然，一位老工人大喊一声："不要砸，这可是长城上有用的功臣！"老工人家在长城附近，有经验的他认为这可能是文物。县文化部门得知这一信息，赶紧运回县城，如今它正静静地躺在滦平的博物馆里，它只有一只铁耳的样貌无言地诉说着这一段的经历。

　　崇祯十年密镇造号西洋炮，长170cm，外径23.5cm，质地为铁，时代是明。

　　明朝时期，朝廷将人口内迁入关，长城之外滦平这一带从

某种程度上讲可以说是"无人区",而且还经常发生局部战役。到了清朝,关内关外成为一体。随着皇帝经常路过这里,人口便渐渐密集起来。

清朝第一位计划建避暑城的是顺治时期的摄政王多尔衮,据《大清一统志》记载,顺治七年,公元1650年,多尔衮谕:"……今拟止建小城一座,以便往来避暑……"于是喀喇河屯避暑城开始修建,不过历史总是始料不及,避暑城还未修建好,多尔衮便西去了。他死后,顺治皇帝亲政,开始清洗多尔衮的势力,而因为种种原因,避暑城也停建了。

顺治之后的康熙皇帝,在位期间为了加强对北部蒙古草原的统治,积极推行"肄武绥藩"政策,也就是演兵习武、安抚远藩,他在漠南地区设置了木兰围场,并一直坚持巡幸塞外,行围习武,会盟蒙古草原上层。61年里,他共90次途经滦平并巡典滦平,共在滦平县域驻跸490天。在驻跸期间,康熙皇帝骑马射猎,吟诗作对,同时处理许多政事,也留下了许多故事和传说。

据说当年康熙在滦平兴州于氏的庄头府邸驻跸,花间月下

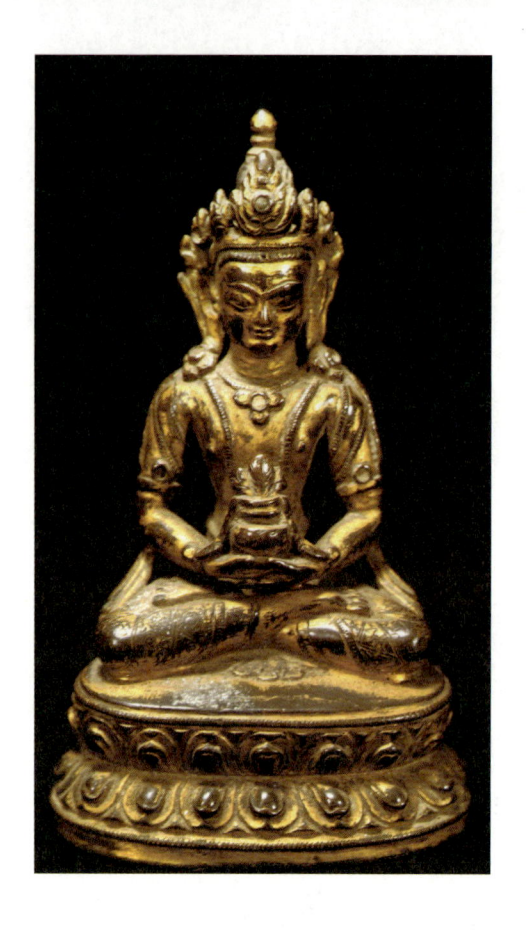

偶遇了于氏小姐，一见钟情，连着在这里住了五天，还许诺迎娶于小姐为妃，走了之后却是泥牛入海杳无消息，而于小姐却信以为真，天天想、夜夜盼，日渐憔悴，最终香消玉殒。当消息传入宫中，康熙闻讯不胜叹惋，命人将御花园中的一红一白两株牡丹移栽到兴州于氏宅院中，以寄托歉意和哀思。令人称奇的是，如今那株白牡丹依旧当季开花，长势喜人。

然而故事终究还是故事，传说到头也还是传说。这一段佳话史料上难以考证，不过在滦平民间却广为流传。小灯下，那严肃的一行行的过往，因着传说，生动了起来，在黄昏密雨的窗下，水袖轻舞、掩面垂泪的形象伴着月下的繁花，咿咿呀呀地演绎起来，为挂职生活增添了文化辐射的亮彩。

后来，乾隆皇帝途经滦平98次、嘉庆皇帝来滦平37次，道光、咸丰、同治也都曾途经滦平。如今，滦平还有行宫遗址，在这里默默讲述着这些过往的种种。所有的这一切现在都已经化身成一种文化元素，深入到滦平文化发展中去，等待着人们去开发，去振兴。

却把"聊斋"做民宿

一条路上寂静无人，午后的阳光从树叶间洒下来。

来滦平开展帮扶工作的人堵在了高速公路上，我们从村子里往高速口赶，经过这里的时候，汽车爆胎了。

沿着这条路是两排笔直的钻天杨，"杨排"外是茂密的树丛和小山。路旁孤零零地站着一所房子，房子"张着嘴"看着我们：房子已经没有人住了，门板歪倒在一边，窗户都是破洞，窗格还在，窗户纸基本已经都消失了，只有几块残存的纸条在风吹过的时候，发出呜呜的声响。

院子竟然有一半种着菜，一半是荒草。菜的长势还非常好，难道还有人在打理？院墙已经塌出了一个缺口，人们正是从这个缺口可以看见里面的情形。院外的一小块儿坡地上竟然也被清理了出来，种上了玉米和白菜，一阵风过，玉米叶配合着上空钻天杨树叶的沙沙声，密密地絮语着，仿佛在交头接耳着什么秘密似的。

同行的人，说要看看屋子里还有什么家当没有，看看有没有人常回来，便进了缺口。一会儿，他跑出来说，没看清楚，因为觉得有些瘆人，感觉像聊斋里的场景一样。我边笑边琢磨，

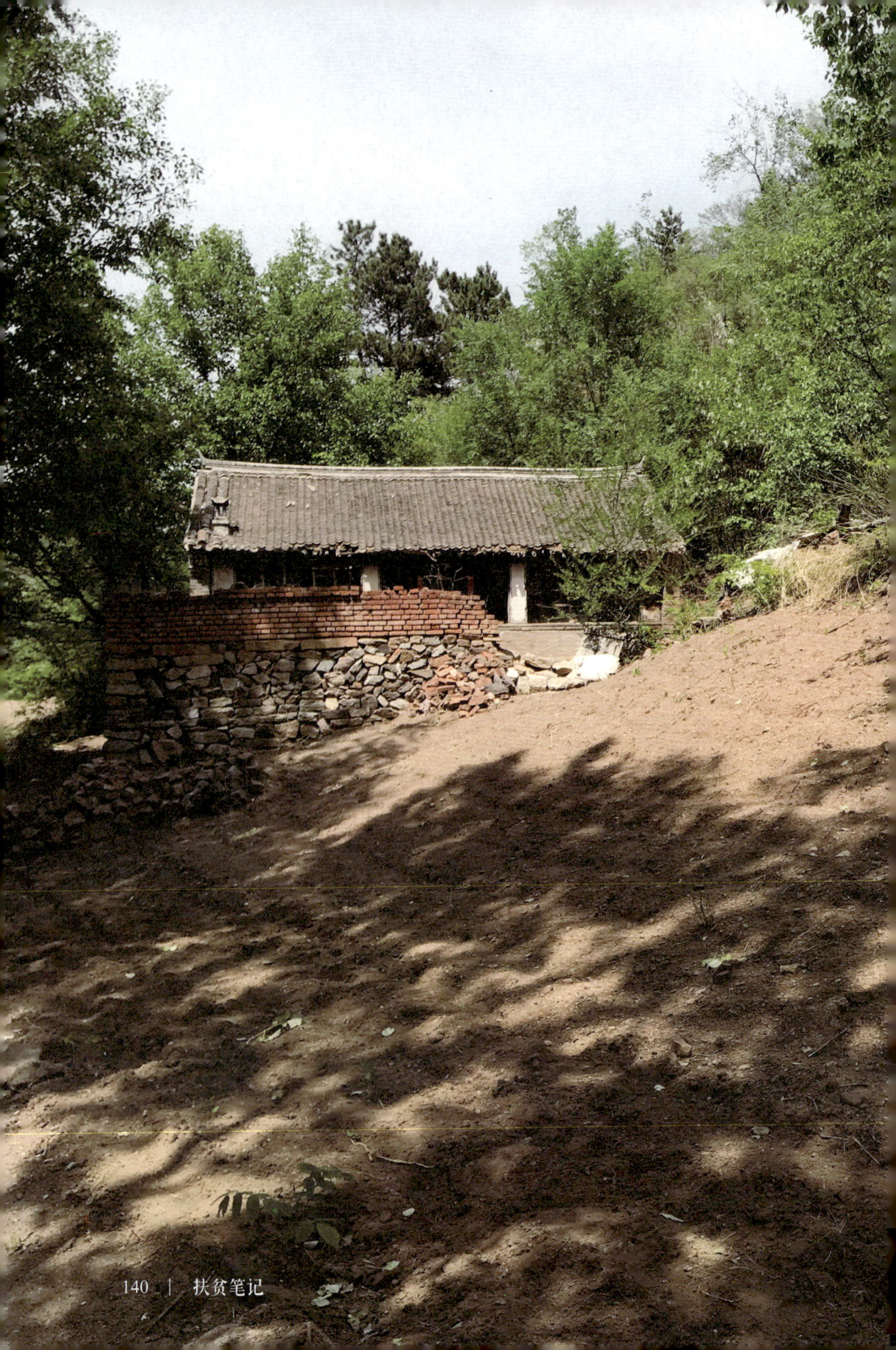

我来滦平后，很多次看到这样的空房子了，不同的空房子有它空出来的原因。

有的空房子是举家搬到城里了，有的是易地扶贫搬迁后搬走还没来得及拆的，有的是常年打工在外的，有的是屋主已经不在人世了。眼前这所房子不知道是什么情况，为什么房子看着很结实，门窗却废弃了许久，而院子里还有人种菜？

记得刚来打车，碰到一个司机，说他自己最喜欢去人烟稀少的废弃的地方游玩，尤其是废弃的老房子，有时候他甚至带上睡袋去里面住一晚上！几年前，各地都曾流行过这样的探秘行为，比如北京的京城81号。这样的具有旅游性质的探秘行为大概因为几个原因：一是神秘感，房屋破旧，传说在废弃的墙角里徘徊，恐怖文化的元素跳出来在院子里荒草间、月光下、旧的布娃娃身上跳跃……这样的感觉给人以好奇和刺激；二是变迁感，时代的变化，新旧的对比，会让人"忆苦思甜"，看到过去的苦，体验今天的甜，让人更热爱自己眼下的生活；三是美感，美是多样的、多彩的，沧桑、荒渺有时候也可以给人以美感。

但是依靠这些是无法打造规模化旅游

风物 | 141

的，它的小众性比较强，不能促发旅游业，对产业脱贫和乡村振兴的发展不会有太大贡献。

不过，要是利用空房搞民宿呢？恐怕是一条可行之路。我在很多村子看到的空房，它们的梁柱、院墙等基本结构都非常好，可改造性很强，加上其本身具有乡土气息和神秘气息，在民宿文化上做一些文章是可以的。

绿水青山的奋斗精神

周末，应承德网信办之邀，坐车近三个小时到达围场满族蒙古族自治县，参加自治县成立30周年大会。大会很隆重，而且颇具地方特色。1989年，经国务院批准，民政部批复，撤销围场县，建立围场满族蒙古族自治县，行政区域不变。

大会一结束，我就赶往塞罕坝的王尚海纪念林参加滦平的重温入党誓词活动。王尚海纪念林是塞罕坝的第一片人工林，是塞罕坝万亩林海的精神象征，更是塞罕坝精神的结晶。

气温很低，穿着白衬衣感到一些寒意，但当"我志愿加入中国共产党，拥护党的纲领，遵守党的章程，履行党员义务，执行党的决定，严守党的纪律，保守党的秘密，对党忠诚，积极工作……"的声音从我和同志们的嘴里发出，在这高高的直插天际的松树笔直树干组成的"队伍"里回荡的时候，浑身"沸腾"了起来，回想从入党到今天的种种片段，不禁心潮澎湃，久久不能平静。

1962年，刚刚40岁的王尚海是承德地区农业局长，一家人住在承德市一栋舒适的小楼里。塞罕坝建林场，组织上动员他去任职。据围场满族蒙古族自治县县委宣传部长姜长城介

风物 | 143

绍,这个抗战时期的游击队长,后来曾担任围场第一任县委书记。此时,听到组织的召唤,他像是要奔赴新的战场,交了房子,带着老婆孩子上了坝。于是,他成了塞罕坝机械林场第一任党委书记。经过王尚海、陈彦娴等老一代人的努力,塞罕坝旧貌换新颜。

敬献完花圈后,我们前往塞罕坝纪念馆参观。刚才的热血沸腾,在纪念馆里得到了沉淀和升华,仿佛变成了一种有形的力量,而这种力量将在今后扶贫工作中显现。

塞罕坝是蒙汉合璧语,意为"美丽的高岭",它位于河北省最北部的围场县境内。历史上,这里就地域广袤,树木参天,辽金时期被称为"千里松林"。清朝后期由于国力衰退,日本侵略者掠夺性的采伐、连年不断的山火和日益增多的农牧活动,使这里的树木被采伐殆尽,大片的森林荡然无存。到新中国成立前夕,塞罕坝由"林苍苍,树茫茫,风吹草低见牛羊"的皇家猎苑蜕变成了"天苍苍,野茫茫,风吹沙起好荒凉"的沙地荒原。

中华人民共和国成立后,林业部经过充分调研论证和科学

的规划设计，1962年2月，决定建立林业部直属的塞罕坝机械林场。确立了四项建场任务：建成大片用材林基地，生产中、小径级用材；改变当地自然面貌，保持水土，为改变京津地带风沙危害创造条件；研究积累高寒地区造林和育林的经验；研究积累大型国营机械化林场经营管理的经验。

20世纪60年代的塞罕坝，集高寒、高海拔、大风、沙化、少雨五种极端环境于一体，自然环境十分恶劣。刚刚建场的塞罕坝，没有粮食，缺少房屋，交通闭塞，冬季大雪封山，人们处于半封闭、半隔绝的状态；没有学校，没有医院，没有娱乐设施，从四面八方赶来的建设者们，除了简单的行李衣物，其他的几乎一无所有。通过塞罕坝两代人近50年的艰苦奋斗，在极端困难的条件下，在140万亩的总经营面积上，成功营造了112万亩人工林，创造了一个变荒原为林海、让沙漠成绿洲的绿色奇迹。森林覆盖率由建场初期的11.4%提高到现在的80%，林木总蓄积量达到1012万立方米，塞罕坝人在茫茫的塞北荒原上成功营造起了全国面积最大的集中连片的人工林林海，谱写了不朽的绿色篇章。

看完了介绍，随着人流走到了馆外。馆外空气清新得让人兴奋，四围眼力可及之处，尽是绿色，薄薄的雨雾轻轻地环绕。上车，返回。回去的路上，每一个人都没有睡去，都在看着窗外，那是一片片绿色的草地，那是一朵朵盛开的花朵，那是一片片浓郁的松林，我们仿佛看到多年之前，荒原上孤零零的那棵落叶松，静观着周围人们辛勤的忙碌，在变幻的光影下，周围一棵棵松树拔地而起，一片片树林不断铺延，一片片草地不断铺延，一种精神不断铺延……

「方法」

觉得不对劲儿

2018年年底，脱贫攻坚考核刚结束，正在干劲十足的当口儿，一天夜里，突然右侧腰腹部剧痛。赶到协和医院，又耽误了6个小时，疼痛难忍，被救护车拉到北京普仁医院接受抢救（协和医院介绍转院，普仁医院在这一科医疗水平比较突出）。之后动了两次手术和一次小手术，三个月里一共经历了三次全身麻醉。

有一次全身麻醉前，我正在对接报社外联的阿里巴巴集团的扶贫项目。阿里巴巴的扶贫项目在当时共有五大类。其中"女性脱贫项目"是针对贫困地区女性普遍存在的难增收、无保障、轻抚育的特点，通过"产业扶持、保险保障、培育教育"等举措帮助贫困地区女性脱贫和发展。

阿里巴巴"女性脱贫项目"落地有一项前提条件，就是建档立卡贫困女性要超过2万人。"叮咚"，来了一条微信，我赶紧从病号服口袋里掏出手机："杨县长，相关部门提供的贫困女性是8000人，通不过项目审核啊，很遗憾，看来这女性脱贫在滦平落不了地了。"我赶紧回微信让他们先等等。

"手机收起来啦，要注射了。"

护士的要求，我得服从。她边给我手腕缚上固定带，边对我说："你是挂职干部呀，我河北老家有个亲戚和邻居发生纠纷，现在满脑门儿官司……对了，你在河北哪儿挂职？哎，我和你说话呢！""啊？"我愣了一下，才发现自己一直在琢磨8000这个数字，而没听见她说什么。

手术室，雪亮的灯在上方围着我，我仰面向上，左上是输液架，右下能瞥见医生、护士忙碌的身影。我总觉得哪儿有点儿不对劲儿，8000人？8000？怎么才8000？全身麻醉不像睡觉，而像突然掉进一个无意识的空间，一个什么都不知道的空间。在掉进去之前，我就是觉得哪儿有点儿不对劲儿。

眼前突然亮了起来，我睁开了双眼，先是输液架，然后是忙碌的身影，接着是走廊，我被推出了手术室。接下来的一个小时，我越来越清醒，头脑也渐渐地灵活了起来：滦平建档立卡贫困户共17 979户、55 590人，其中怎么会只有8000贫困女性？五分之一都不到，从常识上也说不通啊！

完全清醒后，马上拿起电话打给相关部门，请他们重新核查，重新申报。到滦平挂职加入到扶贫队伍后，不断加强学习，

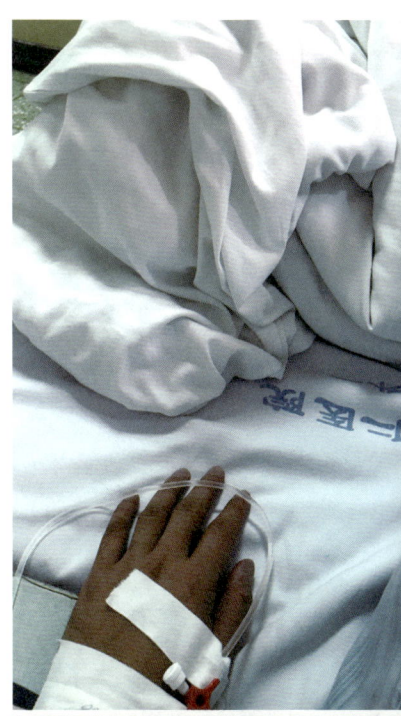

方法 | 149

在培训中学、在实践中学、在别人身上学，周围同事真抓实干的精神感染了我，对于关系到贫困切身利益的问题立志要反复琢磨，反复推敲，真抓实干。学习不只是上上课、开开会，还要知行合一，以行促知。

经过核查，相关部门重新申报了数据，滦平贫困女性两万多人，完全符合该项目的落地条件。原来，相关部门对申报要求的理解发生了一点儿小偏差，认为18岁以上50岁以下具有完全劳动能力才符合条件，本着认真负责的态度，报了8000人。有时候，工作中的偏差，并不一定都源自疏忽。所以我们更应该多问几个为什么，多一些不对劲儿的感觉。

"抓工作，要有雄心壮志，更要有科学态度。"合上《习近平扶贫论述摘编》，闭上眼睛，这句话还在我眼前显现。

一灯如豆，窗外淅淅沥沥下着春雨。没有掌声，也没有鲜花，我心里却充满着自豪和喜悦，因为有两万多人将得到这个项目的扶持，虽然这只是扶贫洪流中的一滴水珠。而这自豪和喜悦，正源自最初那不对劲儿的感觉。

做点儿什么

"师弟，你看看春天的时候能为我们贫困县做点儿什么？"

"从健康扶贫方面肯定能做点儿什么。"

"那咱们说定了？"

"一言为定！"

约定订立的时候，窗外正飘着雪花，春节已接近尾声。国家心血管病中心的邢超处长，我的师弟给我这个生病的春节送来了一份"贺礼"——一个约定，同时也是一份温暖。

约定实现，说来就来。县中医院的大会议室里坐满了人，几台摄像机对着讲台，台上的专家讲师正在生动地讲述心血管病的基本管理知识，台下是上百张求知若渴的面孔，日前，国家基本公共卫生服务项目基层高血压管理"群雁计划"培训班在滦平县开班。全县集中了县医院和县中医院的人员，调动一百多名多个乡镇多个行政村的基层村医参加培训。

到滦平以来，经过多次下乡调研，我了解到滦平县贫困人口中有三分之一左右都是因病致贫，而高血压又是其中患病率最高、影响最广的慢性病。"我们的培训为什么叫基层高血压管理，不叫治疗呢？是因为对于心血管病来说，高端的技术攻

坚固然重要，但是日常的基本管理包括测量、诊断、他救和自救却绝对不能忽视。测量和救助过程中，有时候一个小小的不同就会影响一个判断的正确与否，甚至决定是否能挽救一个生命。"看着正在接受《健康时报》记者采访的师弟，我恍惚回到大学时代，仿佛又再次面对那一张张没有经过岁月洗礼、充满纯真和朝气的面孔。初心，也许我们都曾有过这么一个简单的信念：做点儿什么，不只为自己。师弟的眼角也有了皱纹，两鬓竟然也和我一样，有了星星点点的白色，但此时我已经有了把握：没变，有一点我们一直都没变！

采访还在继续中，我悄悄掩上会议室的门，走了出来，准备处理一些公事再回来与师弟好好聊聊。后来，师弟一行人就轻轻地走了，真的就像诗中所说，正如他们轻轻地来。他们说，不愿意给县里添麻烦……

之后，一次到村里诊所走访，看到中药柜上有一本漫画，拿起来一看，赫然是上次培训班的《心血管病管理常识》，翻开书，那生动活泼、深入浅出的漫画元素扑面而来，竟然让我有一种爱不释手的感觉。许久，放下书，平时不和朋友客套的我打开微信，就着窗外初夏的暖风发出一条信息：谢谢，师弟，真心地说一声谢谢。

这次活动就像窗外这暖风，顺利流畅。活动筹备之初，我和县里分管卫健的孙立侠副县长刚刚沟通完不久，活动筹备她已经布置完毕，半天后草案已经拿出来了；宣传部长李秀宏和孙立侠为了扩大培训面，使县里更多的医疗人员乃至老百姓自己能够接受培训，让相关部门制作了教学光盘，同时在电视台相关频道播放；报社办公厅扶贫办高昂听说活动的举办，马上向《健康时报》总编辑孟宪励汇报沟通，孟总立即派记者到滦平采访报道……

后来，在人民网总裁叶蓁蓁、副总裁潘健、孙海峰大力支持下，以这次培训为契机，扶贫笔记被载到了人民网上。"众人拾柴火焰高"，没有豪言壮语，没有慷慨激昂，只是想着做点儿什么，为贫困户做点儿什么，为打赢脱贫攻坚战做点儿什么，每个人都在贡献着自己的一份力量，如春雨夜来，润物无声。

坐在村头唠唠

阳光下，两侧山峦依然如黛，青翠欲滴地蜿蜒向远方；站在戚继光广场上，背后倚着沧桑，眼前一尊雕像立在红绸幕里；初夏的风徐徐而来，吹起红绸的一角，此时国歌声响起，激荡起我们的雄心，溢满山川大地。

中国滦平田汉基金会爱国主义教育基地揭牌暨田汉铜像捐赠仪式让那我们每个中国人都万分熟悉的歌声又一次在长城脚下响起。

据史料记载，1933年长城抗战在滦平青石梁打响的时候，滦平的百姓纷纷走出家门抬担架、救伤员、运弹药、捐粮食，有的拆下自己的门板冒着敌人的炮火运送伤员，有的老人劈了自己的棺材为中国军队取暖……

当我们高唱国歌的时候，站在身边的田汉基金会理事长、田汉同志的长孙田钢先生，他的歌声格外有力和高亢，那种温暖而真挚的感情在歌声中激荡。

送走田钢先生一行，我绕道去了付营子镇金鸡沟村。金鸡沟村在群山怀抱之中，一条干净整洁的村路蜿蜒向上。驻村第一书记人比较"酷"，不爱说话，一进门就指着座位："坐，坐下说。"我抢在其他人前面说道："我们还是去村子里、贫困户家边看边说吧！"一路走来，我发现整个村情都在我们的谈话里。

走访结束的时候，已是黄昏，路过村口，看见十几位老人坐在那里聊天儿。我们走过去，很快融入其中。

"你们第一书记特别羡慕你们经常坐在村口聊天儿，今天终于实现啦！"我和大爷大妈们开着玩笑，一开始些微的陌生感没有了，他们开始畅所欲言。

第一书记也开始"接受"我了，幽默地说："没错，平时太忙，路过不知道你们聊啥，今天终于知道了，以后别背着我啊！"大伙儿笑了起来，笑声是那么明澈，笑得天边的太阳都红了脸。

我坐在木板条凳上，谢绝了身边大爷用干皱的手递过来的烟，面朝着硬山式房屋后面的青山，两手扶凳，微微向前欠着身子，听大爷讲他的生活。

过去，出村的路不好走，大伙儿躲在这个群山围绕的小山村里，种了啥也运不出去。大爷说，他家那会儿一人只有一套衣服，到了数九寒冬最冷的日子，有时候出家门就让其他人钻被窝里，然后自己穿上其他人的衣服出门，"想起来就窝心！"大爷叹了一口气，不过语调里却没有多少窝心的感觉。后来，附近的白草洼渐渐成了森林公园，路也好走了，来的人也多了，商机也就来了，于是人们的眼界和想法都变了。

大爷家有两个儿子，现在都出息了。他的地一半种的是药

方法 | 155

材苍术，一半种的是梨树。大爷闲不住，前一段感冒了，可还是要每天都到地里去，用他的话说，好日子是"刨"出来的。

"苍术的根儿我留着，只卖籽儿，告诉你，钱可不少挣，收获时怎么着也卖个万儿八千的。""你说的太少了吧？"旁边一位大娘打趣他，笑着对我说："他可是我们的大户，我们村的带头人！"

大爷脸上竟然掠过一抹红色，那是青春、奋斗的亮色，比天边的斜阳还要动人。

"这里的沟适合种中药材，适合种啥我就种啥，大伙儿帮衬着，拉着手一起往前奔！"

后来每次去，我都发现村子在不断地变化，村路越来越干净，房子越来越漂亮，贫困户脸上的笑容越来越灿烂。大爷家的变化就更大了，冬天里一次去他家，一进门，最闪亮的就是北墙上安装的液晶大电视和门口衣架上挂的好几件亮闪闪的羽绒服。再到村头坐坐的时候，听着大伙儿聊天儿的内容也不一样了，人们都在说市场和明年的种植计划。

下乡的时候，正式的走访督导做完后，我总喜欢去村口路尾，坐到大爷大娘中间，听听他们唠唠家常，唠唠生活，这"唠唠"里就有线索就有方法就有实干就有知行合一。"来吧，唠唠吧，唠出我们的生活，唠出我们的收成，唠出我们的渴望，唠出我们喜悦的心声。"

打开碗柜看一看

　　走进一户人家，先看院子：干干净净，整整齐齐，方方正正的一小块儿地里种着西红柿、尖椒、豆角、韭菜；菜种齐全，基本够自家吃一季了。

　　再看房：房屋改造后一水儿崭新的红瓦白墙的房子，红色的顶在下午的阳光里发着耀眼的光辉。

　　进屋，堂屋宽敞明亮，墙角有一袋面、一袋米，鼓鼓地"看着"进来的人；打开冰箱，最上一层有两碟中午吃剩的菜，一碟是红烧肉，一碟是芹菜炒肉，下面两层放着牛奶和鸡蛋。冷冻室里有一大块肉，另一格里放着五六根雪糕。

　　右手屋是老人的卧室，一面大炕，床单上整整齐齐放着两床被子，老人坐在炕上，曾患脑血栓的她如今生活能够自理。红红的帮扶手册上显示着她享受的各项医保政策。问问大娘的身体状况，问问都享受了啥政策，然后再问问儿女都咋样、孝不孝顺。

　　掀开门帘，穿过堂屋，进到左手的屋子，一个小男孩儿正在看电视，电视里演的是奥特曼；问问孩子上几年级了，孩子爱理不理，因为正专注地看电视，只好识趣地去问家长，孩子有没有辍学，有没有享受到两免一补的政策。临走出屋子的时候，看到孩子的课本和作业本，作业本上工工整整地写着："我和我的祖国……"

　　临走的时候，又看了看压水井，问了问用水的情况，了解到缺水季节也能喝上安全饮用水。

　　"两不愁、三保障"，也就是不愁吃，不愁穿，义务教育有保障，基本医疗有保障，安全住房有保障，这是整个扶贫工作的核心和基础。刚才我是举了一个例子，一户已脱贫的人家，这是一种政策和指导落实到实际生活当中去的具有普遍性的描述。

　　很多次开干部交流会和学习交流培训过程中，扶贫第一线的干部，尤其是扶贫挂职干部、驻村第一书记、驻村工作队队

方法 | 159

员都纷纷表示，初到一地展开扶贫工作时，会有千头万绪、无从下手之感，这时我们就要紧紧抓住这六个字"两不愁、三保障"去开展工作。

有时候，驻村工作可以通过时间慢慢深入，而挂职县里干部要走几百家贫困户，甚至几千家，就需要心里有数，眼里有事儿。

其实最直接的就是换位思考，我们自己要是贫困户，我们需要啥，是不是就是有没有牢固的房子住，能不能吃饱、吃好，屋角的粮袋是不是一直满着，冰箱里有啥，有没有蛋吃，家里的孩子能不能上学，家里的病人能不能看上病，有没有能挣钱的活儿干，收入稳不稳定，不就是这些最最实在、最最关乎我们切身生活的事儿。所以，扶贫有五必看，"一看房，二看粮，三看劳动力强不强，四看有没有读书郎，五看有无病人躺在床"。

走入贫困，走入炊烟，走入堂屋，去打开碗柜打开冰箱看一看，也就打开了开展工作之门。我通过自己的经验编了一个顺口溜，只是一点儿体会，仅供各位同人参考：走进院子看住房，地里有菜柴靠墙；水井能否常年淌，屋内八柱和四梁；墙角是否有满粮，家里是否有冰箱（不是要求一定要有冰箱）；冰箱里面蛋和奶，四季有肉尝一尝；孩子认真写作业，每天上学不负娘；老人身体可健康，大病是否有人帮；要看角落和细节，生活都在这里藏；翻开手册认真看，回首一路奋斗忙。

细节的魅力

于营村，离县城不远。过了公共汽车站再走一段，往坡下一拐，便进入两旁田地的乡间小路。经过偏岭村，便是于营村了。

路两旁，是风一吹就婆娑作响、窃窃私语的玉米地，有小河，有野花，有随处点缀的树，再往远看便是绿油油的林子，视野再往上，那是湛清得一丝不苟的蓝天和几朵随意飘过的白云。

就是这里，将要打造乡村振兴示范区。提起文化，这里是古驿道的所在地，悠悠岁月中，那颠簸的马队、风尘满面的行旅曾从这里经过，或是勇奔茫茫的塞北，或是喜归繁闹的京都、天青色的江南。但提到打造文化品牌，人们就有些不知所措。

"从细节入手，从文化切入点辐射，会起到四两拨千斤的效果。"说到如何在文旅方面做文章，赵振清书记举了个例子，他指着河道旁的一块巨石说，在石头上就可以刻下这片区域的前世今生：明朝之前曾有无数行旅路过这里，而明朝这里人烟稀少……这样既尊重了自然，又瞬间增加了乡村的文化氛围。

文化的细节，让人们在发展求索的路上一下子有了着力点，就仿佛徒步当中看到了路标；而工作生活中的细节，则给人以内心的力量。

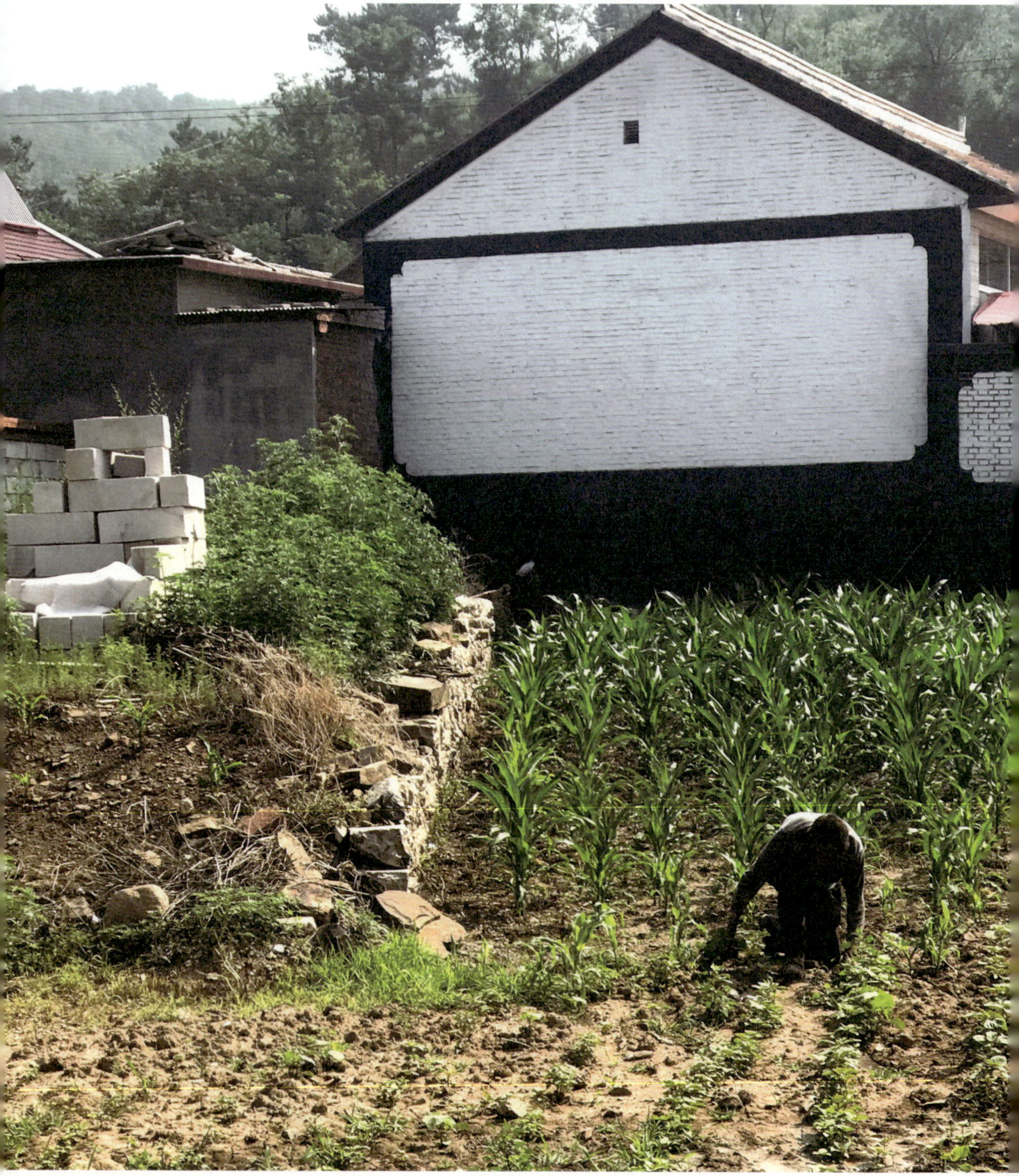

一次，去一个村子，驻村工作队正在推进乡村卫生环境维护工作。一条干净的上坡路两旁，房屋错落，干净有序。只有一位大嫂正在辩解自家门前为什么经常往外扔垃圾，工作队员说得口干舌燥，大嫂理由万千条。旁边的人悄悄对我说，农村工作不好做呀。我也有些焦躁，突然心底知行合一的念头浮起，便一句话不说，走过去，开始用手捡垃圾，其他人也纷纷动手捡，接下来的场景就是，没有一个人说话，都在默默地低头干活儿。大嫂愣了半晌，也忙着过来帮忙，很快门前便干干净净的了。

回去的时候，大伙儿都在讨论工作方法。而我没有作声，因为我所获得的不只是这些。当我走上前去捡垃圾的时候，心里想的不只是如何推动工作、如何劝说大嫂，而是怎样做才会使自己感到心安、感到充实。其实，人生当中，无论工作还是生活，我们内心深处都有一种渴望，渴望自己具有某一种状态，这就是我们内心深处的良知。正如王阳明先生所认为的，良知会告诉我们怎么做。

而细节就有这样的魅力，当我们遇到问题的时候，当我们感到棘手的时候，我们就可以马上依据自己内心的良知，从某个小事做起，立即动手。这样做，你往往就会发现：问题不但可以就此迎刃而解，而且自己内心会感到充实、安然，充满力量。

重回"课堂"学习

出租车停在河北省委党校门口，下了车拖着行李箱在党校宽阔的步道上走，我为期一周的扶贫培训开始了。校园里高高的钻天杨挺立着，一排排仿佛正在听讲。安静的花坛、安静的树丛、安静的楼群，瞬间让我回到大学时代。

宿舍的桌子上放着时间表，楼下是宿舍楼关闭和开放的时间，看到这些，不知为什么，整个人都安静下来，从繁忙的节奏中马上转换成学习的节奏，就好像一下子按下了外面世界的关闭键。

手机闹钟丁零零想起来，起床，散步，沿着鲜花怒放的步道。道两旁的杏树已经果实累累，大石上"爱党读典"四个大字伴着鸟鸣声，让精神为之一振：一天的学习开始了！

大礼堂坐满了人，一个座位紧挨着另一个座位，一份学习材料紧挨着另一份学习材料，浓厚的学习氛围中课程开始了。开始上课，我学生时代的学习记忆和技巧，渐渐伴着讲师们的声音复苏了：迅速浏览，迅速记录，迅速选择。选择是学习当中必要的技巧，你发自心底良知想听的东西一般来说都是你最需要的东西，这些就是你需要重点记忆、理解和实践的关键部分。

在讲到"两不愁、三保障"时,讲师们强调了不愁吃中的饮用水安全问题;在饮用水安全问题中,又强调了往往容易忽略的季节性断水问题。这段课程对我后来工作中的调研和督导起到了重要作用。

课间休息时,为了躲开门口抽烟的人群,走下了长长的台阶,走进了树丛当中。这片绿地面积不大,却意趣横生,蜿蜒的步道上撒满了落花,时不时出现的石刻让经典与大自然融为一体。在这里散步,回味刚才的课程,充实之感随着自然的风吹入心底。上课时间到了,自然充实之风跟着自己一同也来到了课堂,轻轻地翻动书页。

傍晚,在食堂放下粥碗,看了一眼手机,离小组讨论还有20分钟。于是,从容地走回宿舍,取了学习材料,拿了水杯,去各自小组所在的小会议室开展讨论。窗外夜色渐深,窗内讨论正在热烈进行。每个人都谈了自己的学习体会,然后根据各自所在的市县具体情况以及工作中遇到的问题做了发言,最后大家就某个普遍存在的问题进行讨论。我从新闻舆论、外联帮扶、部门结对、名誉校长等几方面介绍了报社的帮扶情况,大

方法

家纷纷点赞。夜已经很深了，大家仍意犹未尽。

　　回到宿舍，关掉灯，躺在床上，听窗外虫声杂然。想着白天的学习，心里特别踏实。工作中、生活中，远离学校的我们，如果能经常回到课堂去围绕自己的工作或是兴趣进行学习，其实不光对我们的工作是一种帮助，而且可以使得我们的心更加坚实有力。

时常关注是否发生

穿过玉米地间的小路，开始上山。天很阴，好像要下雨。在山坡上碰到了村书记，于是我们一起去看山上已经脱贫的贫困户。这家房子没有问题，当初危房改造开展得很顺利，崭新的屋瓦让人看起来很提神。家里冰箱里有菜有肉，孩子也都上学了，基本没有病人躺在床。我们又询问了帮扶责任人来户的频率，这一点很重要。

下山的时候，村书记向我介绍：村子的贫困发生率是1%。其实，每到一个村子，村子里开展扶贫工作的负责人就会这样介绍，建档立卡贫困户多少，贫困发生率多少。什么是贫困发生率呢？贫困发生率是建档立卡未脱贫人口数加上错退人口数，再加上漏评人口数，再除以该村乡村人口总数，最后再乘以100%。（注：建档立卡户是指已经完成"两公示一公告"审批流程，建立了贫困档案，纳入全国扶贫开发信息系统动态管理，并获得《扶贫手册》的贫困家庭。）

下了山，到了主村，我们就去看看这1%。这家有常年卧病在床的病人，我们去的时候，她正在炕上躺着，看我们来想坐起来，我们赶紧制止她，退了出来。接下来就开始工作了，

168 | 扶贫笔记

查档案的查档案，了解情况的了解情况，然后把还存在的问题详细记录，发现这一户的情况还不错，可持续性比较强，房屋和可持续性收入都没有问题，基本医疗有保障，还享受大病保险，等等，据介绍年底就能脱贫。

我认为，贫困发生率这个指标的命名非常科学。用发生一词，顾名思义便可知它是动态的。我们之前在山上询问已脱贫那户专门询问责任人的到户率，便是这个原因。只有随时掌握建档立卡贫困户的即时情况，才能确保脱贫的精准性。

走出这户人家，我们走在山下的主村里，这里非常干净，边边角角没有丝毫垃圾。忽地，下起小雨，雨中也没有丝毫的粪肥味儿，这在有养猪人家的村落是很难办到的。一股青草香味儿透过雨幕，裹住我们的身体。之后我们又去往于营村，感受"是否发生"。

雨越下越大，我们的信心却越来越足，只要我们时常关注是否发生，有些事情就不会发生。

说接地气的话

到达村子的时候，听说农大的教授正在现场为农民培训果树剪枝，村干部问我："杨县长，要不要去看看，就是山路比较难走。"我说去，一定要去。

此时正是春天，路两旁的土地翻出了黑黝黝的颜色，一辆拖拉机正静静地站在其中做着它自己的"准备活动"。田间地头的一切不但苏醒了，而且都在活泼泼地准备着，准备着农忙时节大展拳脚。

开始登山了，这里的草比较少，一脚下去，会带起很多土，裤脚很快就看不出颜色了。往上爬，草开始增多，一派欣欣向荣的景象，地上的土少了，清新的草树香味儿增多了。绕过一道废弃的石墙，远远看到一排果树下，有一群人。

我们悄悄又爬上了一道坎儿，没惊动任何人地站到了人群的最后。这时，戴着草帽和眼镜的农大教授正在给围在他周围的农户讲解剪枝的技巧。他站在一株有茶杯口粗细的梨树前，一手拿着一把很大的剪枝剪刀，一手握住枝条："徒长枝、下垂枝、背上枝、过密枝是剪枝时的修剪对象，重点是让营养集中，集中在主枝上。"他讲解得很认真，一会儿蹲下，一会儿站起，讲到关键处干脆跪在地上，把手套摘掉，把手从树干一直捋进土里。虽然是春天，但太阳很毒，太阳下颇有炎夏的感觉，汗水顺着他的草帽带儿不停地往下流。

直接接触到先进的农业知识让我很兴奋，一头扎进农业技术的暖流之中，但是教授讲话里的那些术语让我有些懵，好像暖流中的一处处暗礁。我赶紧打开百度搜索，一查，原来徒长枝说白了就是长得过快营养跟不上的枝条，表现为直立着的枝条，叶子很大却很薄；背上枝就是与主枝条平行生长而位置在主枝条下方的枝条；下垂枝和过密枝顾名思义即可，比较好理解。查完后，我抬起头，悄悄地给身边几位一脸懵懂的农民简单说了这几个词的意思，他们才恍然大悟。这位教授精神绝对可嘉，但就是习惯了学校教学，使用术语太多。

那次现场观摩听课之后，又接触过几次技术方面的专家，有些专家讲解时深入浅出，不管是谁一听就懂；而有些专家和我见过的那位教授一样，不自觉地会运用大量术语。这样的方式讲给学生，或是经验丰富的菜农、果农还可以，如果讲给一般的农民或是初次种植某种作物的农民，

对他们来说，就有些云里雾里摸不着头脑了。后来，我在很多场合都提出一个建议，建议专家学者甚至是记者，在基层授课或采访时，少用术语，尽量多用白话、生动的话，多用无论谁都能听得懂的话，能说得有趣就更好了。

正如基层的扶贫工作者，无论第一书记还是驻村工作队抑或是帮扶责任人，要想和贫困群众、和普通群众打成一片，就要说白话、说最接地气的话、说最生活的话，少说术语，因为频繁地使用术语并不能对你的工作有所帮助，也并不能让工作对象更好地理解。

看到就说

到西瓜园村的时候，是上午十点，我们沿着村子的主路，在充足的阳光下从村头走到村尾，西瓜园村离县城较近，也挨着公路，有些车有时候会借道村里，所以这里离山水较远，离喧嚣较近。

我的本意是这次不惊动任何人，自己先了解一下村情。同行的人建议去一下村部，请一位比较了解情况的人先总体介绍一下，我认为也行，不一定每一次都按固定程序开展工作。

一去碰到了村书记，书记热情地邀请我们到村部坐坐。我说，咱们边走边聊吧，把整个村子包括自然村都好好走几遍。于是，书记走在前面，指着周围，边走边介绍。正走着，一辆借道的"半截美"（客货两用的小型卡车）从身边疾驰而过，车上拉着储货用的泡沫掉了一些下来，书记二话不说，急跑两步，冲着前面喊"停一停"，司机可能没听见，车没停。

书记对我说，你稍等等，他转过身去找清洁员。很快，地上散落的泡沫便被清扫干净了。阳光下，整个村子仿佛都亮了起来。

我住的宿舍在滦平的南山，而上班在北山。每天早上，我开车从南山出发，先下山，再过河，再上北山到达政府大楼。上山的路，在山戎文化公园门口拐一个大弯儿，这个弯儿的前端在坡下，弯儿的后端在坡上，所以拐弯儿的时候，对面两车相距七八米之上就互相看不见了。每次开到这里的时候，我都会点刹减速打右灯鸣笛，小心翼翼地通过。

我开车上班，突然发现这个拐弯儿处的路面上有个大概五六厘米深、十厘米宽的坑，仿佛是大货车压坏的。我绕过坑，将车停下，向后车示意这里有坑。

回到办公室，我就给交管部门打电话，电话占线，因为马上要外出，于是我和办公室人员说了这个事情，请他们与有关部门尽快联系。外出办完事，我又去了一趟那个拐弯儿处看了看情况，再次和相关部门联系。相关部门表示，尽快找施工队抢修。

平时在村子里工作的时候，看到废弃的垃圾，就会马上通知村子派人打扫，如果只是一点儿垃圾，就干脆自己捡起来扔到垃圾箱或垃圾池。后来我发现，我们这种看见就说、看见就做的"志向"不只是有"传染"性会让周围的人群"感染"，而且还对自己有"提神"作用，每每在遇到生活工作中的小问题时，不会放在一边，也不会想得太多（比如怕别人认为自己事儿太多），而是马上去说、去做，这样让自己整个人都感到充实，全身上下充满了精气神儿！

之后，一天下雨，我开车路过那个拐弯儿，雨天里柏油路面薄薄的水反着天光，那个坑已经不在了，补过的路面崭新得让人兴奋。我摇下车窗，车窗外清新的空气从路两旁茂密的树叶中扑面而来，我的心情顿时有着说不出的欢畅，踏实的欢畅！

方法 | 175

在看不到的地方

　　出城不远，便上了山路，道路还可以，基本都是柏油路；天气也还可以，云层虽然比较厚，可时不时地会有阳光从云层中透出来。看来雨下不起来。忽阴忽晴的天气，让山色在变幻的光影里动了起来，与树木的气息一起扑面而来。

　　当听说报社计财部早在两年前宋光茂主任就带领大伙儿在这里义务植树，多少还是有些惊讶的。因为这次听说是滦平当地人说的，计财部的人并没有自己说。上面，快到山顶的地方有一片林子，名字就叫作计财林，我这次就是慕名而来："娘家人儿"种的林子，实在应该看看。

　　越往上走，草树越为茂盛，宽阔的路两旁颜色开始变得深绿。往左手看，深绿色里时不时有几簇小黄花在微风中点着头，那空气的清新在这里仿佛都是有形状的，让每个看它的人眼睛都很舒适。

　　往右手看时，不经意间就看到了一块石头，上面写着"计财林"，到了，就是这儿。看到这几个字，心里有一种暖暖的感觉，于是便走上前，仔细看周围这些树。这些树以果树为多，大部分虽然不太粗，但基本已经成形，用老百姓的话说就是"活

住了"。听说，计财部主任宋光茂带领大伙儿有一次在这里一共种了一百棵，足足干了两天。微风从刚才看到的黄花上吹过，吹到这边的树梢，树叶在欢快地低语，仿佛认得我一样。

在林子里徘徊许久才离开，我们决定上到山顶，然后从山地另一面下山返回。山顶上的栈道和眺望台修建得很自然，纯木色与周围环境融为一体。站在这里眺望，顿觉身心一爽，心旷神怡。纵目四望，只见群山拥着一个山谷，山谷里农田、树林、农舍随意点撒，竟也情趣备至。此时云层渐薄，一团雾在山谷中自在地游逛，忽东忽西，由着风随便吹到哪里。未来，这里如果打造旅游，应该是有潜力可挖的。

下山的时候，迎面碰上几个自己来玩儿的人，抬着啤酒登上了眺望台。我突然想起落了衣服在上面，就转身去取。当我刚上台子的时候，就看见他们在边喝酒边把吃剩下的鸡腿儿往山下扔，再看周围，酒瓶子东倒西歪，废纸扔得哪儿都是，因为这里不是景区，来的人也不是很多，所以他们认为没有人会看见。

我上前制止，其中女孩儿就不扔了，一个小伙子瞪起了眼

睛。我转身下了台子，去找当地负责的人，他们很快便去制止了他们不文明的行径，并且决定定时关闭观景台。

  回去的路上，我没有说话，只是看着窗外：我想起了古人说的慎独，我发现无论是对一个人还是对一件事来说，看不见的地方往往是最关键的部分之一。成功往往来自看不见的一点一滴的努力，而素质的高下之分也往往是在看不见的地方。

话是开心锁

大嫂拉着我的手,眼里含了泪。

大嫂家曾是贫困户,2018年已经脱贫。她患有乳腺癌,目前正在治疗中。在去她家之前,村里人就跟我说,她喜欢说话,只要有人去,就说个没完。

她家的院子分上下两层,下层是菜地,种了许多茄子、豆角、西红柿、小白菜等,菜地收拾得很"明白",一垄一垄的,仿佛整齐的"作业本"。上层是水泥的平台儿,摆着一张小桌子,和几个小马扎,小桌子上放着大嫂织了一半的毛衣。

大嫂确实爱说话,从我们进屋,她就没停过。我们坐在上午的阳光里静静地听。她说她三年前得了这个病,女儿正在考大学,当时她觉得天快塌下来了。外地打工的老公赶了回来,陪了她三个月。帮扶责任人一直陪着她,到医院看病。她家的生活质量在政府和大家的帮助下,不降反升,小日子过得一天比一天红火。可是她就是心情好不起来。她觉得自己怎么那么倒霉,婚姻生活一般,生的又是女儿,家里又穷,然后还得了这么可怕的病。一开始她不爱说话,就是自己闷着。后来女儿说,妈你有啥就说出来吧,她想有个话痨的妈。后来,她真的

方法 | 179

开始话多起来，和女儿说、和邻居说、和帮扶人说、和家里来看望的干部说，她发现女儿说得没错，说话让她的心一点儿一点儿打开了。

大嫂说这话的时候，边笑着眼里竟然也边流出了泪来。

然后，她就是开始找事儿干，干家务，去村里的广场跳舞，与同病的人交流。2018年她女儿还教会了她在网上和人聊天儿。渐渐地，大嫂走出了阴霾，不过，也落下了个爱说话的毛

病。我们听出来了，她经历了一个很艰难的心灵历程，从了无生趣到积极生活。其实，我们每一个普通人在生活中都有可能碰到一种困难，那不能刷的一下过去，而是会缠磨人很久。这个时候，我们就需要安静下来，接受它，然后左突突，右突突，慢慢地摸索，慢慢地突围……

我们出门的时候，另一位穿着紧身裤的大嫂进了门，她观察了一会儿后，大声地向我们申述：说她婆婆应该评为贫困户，为什么没评，不公平。我们和颜悦色地与她聊了起来，仔细地问了她家的情况，问了她婆婆的情况，还提出去她婆婆家看看。结果大嫂回绝了我们的要求，只是不断地说应该给她婆婆评。后来她说出了实情，她婆婆有五个儿子，三个都在北京做生意，两个在村里，身体很强壮，婆婆身体很好，到北京吃眉州东坡可以吃两个东坡肘子。儿子们也很孝顺。家里的房子两层，基本上所有电器都具备了。就是看着这些年不断有人帮扶贫困户，心里有点儿不平衡。村干部笑着向她介绍了情况，她也比较了解同村人的状况，她也渐渐觉得自己生活挺好的，想通了别人的不容易，想通了有时候自己的不快乐不是来自物质的短缺，而是来自心灵的某种缺失。（当然，我们聊的时候，用的都是最最普通的白话，没讲哲学大道理。）

我们干脆在这儿待了很长时间，和两位大嫂聊得很开心，话是开心的锁，无论是生活中解不开的疙瘩，还是自己摆脱不了的欲望枷锁，通过合理的解释都能在言语的春风里打开。

方法 | 181

初来乍到

来送我们的郑剑主任、张宝库主任、胡鑫鑫处长走了后，我摊开行李，一时有些茫然，眼前这散放满地的行李就好像是我即将面对的新的生活和工作，千头万绪。因为肠胃不好，早上习惯吃苹果（土方儿），所以我决定下楼去买苹果。宿舍是在山坡上，站在路口，看见小小县城万家灯火，仿佛天上星光灿烂。（这里灯光较弱的地方可以看到。）

看到天上的和地上的灿烂群星，我心中豁然，有了计较。回到宿舍，我把摊开的行李用了十几秒钟迅速放回箱子里，只拿出马上要用的东西。然后洗澡刷牙，点上要来的蚊香（可以保证劳累一天后有个完整的睡眠），上床睡觉。第二天五点半我就醒了，醒来就开始上网查询资料，包括滦平天气、地图，公车站在哪里，政府办公地点，与宿舍的距离以及位置，滴滴打车在滦平使用情况等生活中马上需要用到的信息。

当你初到一个地方的时候，生活上不要让自己马上面对太多的事情，先拣必须做的做，我的行李后来隔了一个礼拜才收拾完。

接下来，利用下班路上的时间和晚上的空余时间，我把附近都转了转，哪儿有小超市，哪儿有水果店，哪儿有药店，做到心里有数。

上班的第一天，我便被保安拦住了，其实这里都是开放的，一般不盘问任何人。但我是经常被盘问的对象，可能长相不像好人吧。面对生活和工作中这样小的阻碍，最好采取的方式就是简单而不粗暴。我被拦的时候，往往会心平气和地自我介绍，实在不行就近拉一个路过的熟人证明，实在不行就找办公室。我们的心如果能像镜子一样，来了问题、来了麻烦就照，事情一过纤毫不留，我们就可以减少阻碍，专心投入到事业、工作中去。

面对新的地方、新的工作，处理方法可就不能太"简单"了。在刚开始工作的几天，我做了几件事，一是申请了一张滦平大地图挂在办公室，二是搜索了几个版本的滦平介绍放在案头，三是研读了各种扶贫书籍和资料，同时迅速下乡进村，但不马上开会督导工作，而是"转转"了解村情村貌，将看来的扶贫知识在与贫困户和驻村工作队交谈中验证体认。

少说多看多观察，是初来乍到的要领。随着工作的逐渐展开，便要做到心无旁骛了。生活上一切逐渐成了习惯，工作上的基本方面已经熟悉，这个时候就要依据良知，抓住重点。比如在与贫困户接触中，你自己内心的判断越来越强大，对外界的依赖越来越小，你就要勇敢地围绕经过观察调研所发现的重点问题开展工作，不管外界的各种杂音。只要你不忘初心、牢记使命，全心全意在自己所做的事情上，你就一定会出色地完成你的工作。

记者式工作法

雾很大，四周的山朦朦胧胧的，远看竟像江南一样的水墨山水，不过风丝毫没有江南的味道，一进深秋便开始"透骨"。

路两旁芦苇多了起来，有风过，便发出呜咽的"秋声"，怪不得村子以芦苇命名。

我昨晚咽喉开始肿痛，浑身发紧，恐怕要发烧，就像当地人说的"换季病"。为了不耽误事儿，吃了阿莫西林，早晨好些。尽量少说话，多喝水，多穿衣服。

看到周围的秋景，我不禁下意识地拽了拽领口，把围巾又围紧了些。现在我发现自己的潜意识"学乖"了不少，所有的行为都会围绕着自己工作和生活的主要目标调动，在预警到可能会生病的情况下，就会"收紧"自己的视听言动。

在这样的潜意识状态下，我的思路和方法都变得像秋天的干燥和爽利一样，干净利索，直达目标。

我是头一天夜里接到文件的，安排我在某件工作上包联这个村。之前我并不包联他们乡镇，村村调研也没有走到它这儿。这个村有贫困户，但不是贫困村。早上，边吃早点边打了两个电话，发了一通微信，在通讯过程中，脑子里抓住两个核心，

一个是突出问题是啥，一个是到了什么程度。还没有到村部，我就通过对道路和村子布局的观察，奠定了一个初步印象，不过这只是最初步的，但也是很有必要的。

　　进入大院，见了相关干部，简单认识了一下，并没有过多寒暄，马上进入正题。我先拣重点的和这个村子有关的部分传达了县里的文件，然后马上展开了提问。我的问题一个接着一个，把节奏和主题控制住，不让它向"外"辐射。当结束了督导往回走时，我突然意识到：刚才的我多么像我刚入媒体圈时的样子，那种提问方式像一名记者。

　　第二天一早，我便前往于营村参加一个会，内容是报社外联的几个大企业将于营村及周边几个村作为种植基地。天气明显冷了，四周都是落叶。村子里正在修路，铺设自来水管道，路非常难走，大概花了半个小时才进到村里。我戴着帽子，围着围巾，一进屋，眼镜上竟然起了雾。杯子里冒出的水汽在这个阴沉的早晨将扎扎实实的讨论缠绕。

　　关于特定农产品品种加工、储存量、规模生产、价格等一系列问题进行了充分而有实效的讨论，因为前期我没获得这方

方法 | 185

面的信息，对驻村第一书记全力"经营"的流程只了解个大概。所以，我需要迅速进入"状态"。

　　于是，我又采取了那个办法——记者式工作法，围绕主题，精准分类，直指核心。在正式谈话前，说话以倾听为主，绝不打断别人说话。当记者式工作法开始后，便不怕"得罪人"了，问题直接，方式直接，有时也会打断别人的说话，把话题拉回来，希望能达到最高效的效果。

　　当采取这种工作方法时，我惊喜地发现，自己的思路会变得异常清晰，不会被旁枝末节带走，而且整个人的状态都是"收紧"的，这种感觉好极了，当工作结束了，也会辐射到业余生活中去。

　　也许，我们在工作中在干事中，有时换个思路，从其他职业的方式入手，能产生奇效。当然，如果不能有机会诸如挂职来了解其他职业的工作方式，那么可以通过观察、从书本网络电视上来获取信息了解情况。

　　我一想到将来回到报社的工作岗位上，使用现在在县里工作中学到的、体味到的方法来处理部分新闻工作和事务性工作时，心里就有一种高效率的干净利索的爽快感。

人生，奔跑起来！

　　平常有些拘谨的女娃娃们，此时放松了下来，时不时顽皮地把面前教练摆放的足球轻轻踢上一脚，看到教练颠球，就大胆跑过去，笑着说："教练我们啥时候能颠成你这样？"然后，女娃娃们在教练的带领下，开始集训：跑、跳、传球……

　　天已经有些冷了，风也有些大，但是整个操场显得那么生机勃勃。女娃娃们些微黑红的脸膛儿洋溢着青春的朝气，站在旁边的我们也被她们感染，看着她们跑向前方就像跑向明天的样子，我们也觉得浑身充满了未来的力量。

　　接到参加"追风计划"落户张百湾中心小学活动仪式通知的时候，我正在村子里贫困户的家里，贫困户家窗口的阳光正照在小孙子炕头的作业本上。这是一个扶持乡村校园女足的项目计划，是人民日报社体育部的同事通知我的。

　　开完会，回宿舍匆匆吃了口母亲做的焖面，然后便赶往活动现场，由于我是报社这边临时加入的，所以很多人都不认识我，我挤进人群，看到两张熟悉的面孔——人民日报社体育部主任薛原和体育评论室主编陈晨曦！薛原和我原来住宿舍的时候在一个楼层，他比我们早到报社，长得非常帅，对于新来的

年轻人来说，是"神一样的存在"；陈晨曦我们曾经一起在报社篮球场打篮球，他的球技和能冲敢撞的身材也是"神一样的存在"，而且他随时都是一张亲和的笑脸。之前不知道他们俩要来，这着实是个惊喜。

他乡遇故知，人生一大喜呀。当年刚来报社的时候，我们都还是有些青涩的，转瞬多年，如今在扶贫的路上相逢，真是有些感慨。感慨时光的流逝，也感慨人生的成长。昨天、今天、明天，在这里相遇。

通过薛原、陈晨曦的介绍，了解到这个项目的由来：两年前，支付宝资助了一支大山里的足球队——海南琼中女足，帮助她们从大山里走了出来，追逐人生的"世界杯"。

到今天，琼中女足已经有 8 名球员进入国家青年队集训，目前有 4 名队员正在国家青年队服役。除了这几名女孩儿外，更多女孩儿因为足球进入了大学、参加了职业比赛、成了足球教练或体育老师。琼中女足超过 40 名队员获得了国家一级运动员证书，30 多人已经拿到了大学录取通知书。

为此，2019 年 7 月，支付宝公益基金会携手中国儿童少

年基金会、人民日报等多家主流媒体以及阿里体育共同发起"追风计划"：乡村校园女足扶持项目。项目计划希望通过足球运动成就梦想，帮助孩子们健康成长，帮助更多乡村女孩儿通过足球，走出大山、获得自信、享受快乐。项目组已经过多轮筛选，最后经过前国家女足主教练马良行指导的评审评议，确认了来自河北、山西等地的10支校园女足入选。张百湾中心校就是其中之一。

听完介绍，真为这些入选的孩子们高兴。和副县长孙立侠一起在纪念足球上签下名字的瞬间，仿佛看到长大的姑娘们在球场上奔跑的飒爽英姿，还有在领奖台上高高举起奖杯的样子。

仪式结束后，大伙儿走到操场上看女娃娃们训练。我稍微往后退了退，看到了薛原主任和陈晨曦主编还有孙县长等"大人"们的背影，想起报社的"青葱"岁月，想起贫困地区女孩子们通过足球走出大山的过往，想象着未来足球运动走进山村的角角落落，想象着到处跳跃着踢球的孩子们的身影，不由地深吸一口初冬的清冷空气，暗自为人生喝彩！

名誉校长干实事

左手是路南营村部，右手有一个很漂亮的大门，这便是路南营小学了。踏入大门，对面便是多功能活动室，活动室宽敞明亮，四面皆有门窗；进门处放着小桌，小桌上摆放着智力玩具，玩具四散在桌上，一看就是经常有孩子玩耍；然后就是小书架，书架上是各种各样的图书；另外，还有各种活动可使用的教具，散落在各处。整个活动室给人的感觉是大气、现代。

出了活动室往左，是一二年级的小操场，操场不大，一个半篮球场那么大，但内容丰富、色彩斑斓，让人惊叹于小山村竟然能有这样的小学校。操场上，篮球架以卡通形象站在那里，等待着下课的孩子们。大屯中心校的孔校长介绍，不久前，报社的名誉校长陆娅楠等人还来过这里，带来了这些篮球架。随着她的介绍，在我眼前，操场上人多了起来，孩子们一改课堂上的认真严肃，四处喧闹蹦跳着，漂亮的陆娅楠戴着红领巾在他们当中一起游戏一起欢笑，一会儿弯下腰，一会儿俯下身。

从一二年级操场到幼儿活动场，有一个短短的通道，通道两旁是校史墙。这里介绍了这个新校区的由来。路南营小学从 2010 年至 2018 年 8 月一直与路南营村部在一起。一个楼里

一层为学校，二层为村部，每天有很多车辆出入校园，师生安全无法保障。孩子们在没有硬化的操场上游戏活动，晴天一身土，雨天两脚泥。冬季孩子们围坐在煤炉周围上课。

看到这里的时候，孔校长讲了一个感人的小故事，当时报社驻村第一书记杨远帆到教室里看望孩子，发现孩子们两个小手冻得通红，而炉子又出现了问题，教室里冷冰冰的。远帆二话没说，出了教室赶到别的仓库，几个小时后，穿着羽绒服的他直接给孩子们背来了新炉子。炉子点起来的时候，远帆笑了，孩子们也笑了，他们的脸上还有一道道灰痕，这时一个小男孩儿来到远帆的身后，指着远帆羽绒服上一道长长的黑色划痕说：叔叔，你衣服破了。

看到这样的情景，报社的机关党委常务副书记陈国华、海外版文艺部主任刘泉、团委书记李鹏等同志坐不住了，开始牵头奔忙。2017年，人民日报社出资111万元、美的集团捐资40万元、中建路桥集团捐资40万元、河北瑞兆激光有限公司捐资20万元，合计211万元建成新学校。学校由北京建筑设计研究院无偿设计，北新房屋有限公司免费施工，为农村孩子撑起了一片崭新的教育蓝天。

新建设的路南营小学占地1771平方米，建筑面积555.28平方米。学校设有一年级、二年级、幼儿园小班、中班、大班五个教学班，建有多功能活动室、办公室、晨检室、警卫室、器材室、室内水冲卫生间及总面积为708平方米的小学生与幼儿两个运动场地，充分满足教育教学及丰富活动开展的需求。新校区2018年9月竣工并投入使用。

2018年9月6日，人民日报海外版登载了整版文章《我们在山村小学当校长》，文章作者是海外版记者部主任严冰，文章通过亲身经历生动讲述了报社名誉校长"上任"以及帮扶的历程，他说："这轮红日在不远的将来也必将见证中国人民的千年支教扶贫梦想在新时代变为现实。"

"扶贫先扶志，扶贫必扶智。"他们希望通过帮扶一所学校，改变一个贫困村。

2017年6月起，13名人民日报社志愿者担任起了滦平县11所贫困村小学的名誉校长，如今已经增加为14名。截至目前，名誉校长系列帮扶已开展各类活动46次，获得各类项目资金累计720余万元。

创建第一个官方抖音号

手机屏幕上。

一位老人戴着氧气面罩。

坐在电脑前坚持工作，弄完了 C 盘，接着弄 D 盘。

老伴儿说，医生要你休息一会儿。

他说，坐着休息。老伴儿说，坐着比躺着好呀？

他说，对，一躺就起不来了。

画外音乐，天空中最亮的星……

这就是林俊德将军，在生命的最后一刻仍在为祖国奉献自己。多少人，看到人民日报抖音号这段视频，都忍不住潸然泪下，让那心中涌动着一种马上就要喷发的感动顺着泪水肆意地流淌。

正是这段视频让我重新认识了抖音，也正是这段视频让我萌发了为扶贫挂职的地方创建第一个官方抖音号的想法，介绍滦平，介绍扶贫，让更多年轻的目光聚焦这里，聚焦扶贫，让更多的时尚走进我们。

当时，是我刚去滦平不久，很多流程和人员不是很熟悉，

中国移动
下午8:14
编辑资料
小滦平大视野
抖音号: 1753191909
中共滦平县委宣传部官方抖音号
河北省承德市滦平县
530获赞 42关注 161粉丝
添加随拍
作品 18
动态 18
喜欢 156
一句话说滦平
(四)
主讲：杨一枫
6.4w
1.2w
一句话说滦平
(三)
主讲：杨一枫
4.1w
青春心向党
首页
关注
消息
15
我

所以有时候就需要"硬推"。经过一段时间,我发现,遇到这样的情况,必须有光拉车不看两边的精神,只要明确了工作目标,就要去掉闲思杂念,排除干扰,埋头苦干。

当有了创建抖音号的念头后,我便开始研究抖音号,考虑创建后内容的延续,同时寻找人手。一次,与一位年轻的干部商量想让他们承担一部分抖音的工作后,他突然暴跳如雷,说他们人手少,谁谁在怀孕,谁谁在请病假,谁谁身体不好……他声音很大,走廊里很多人都听到了,过后还有人来询问。当他的声音突然大起来的那一刻,我内心的良知马上敲起了警钟,于是一股暖流流遍全身,化成一只淡定的手抚平自己的情绪,让自己心出奇地平静。

我没有作声,只是静静地听着,看着自己案头的资料,等他"激动"完。当他告一段落时,我平静地对他说,你说得有道理,我再考虑考虑。他走后,有的人过来说他家里有点儿事心情不好让我别在意,有的过来说他这样太不应该就应该批评他,还有的说找本地领导给他派活儿或者再给他做做工作就让他干……我笑了笑,没说什么。

其实,我不在意,同时也不打算逼着他干,因为我知道,这种首创的工作是需要热情和动力的,如果强迫某人去干他不愿意干的事情,干不好还在其次,而且会动摇整个事情的"军心"。

我决定自己先干起来,我可以担起一半的内容,用我的方式来介绍滦平。因为是初建,粉丝量和阅读量上不去,所以视频的时长被限制在15秒内。在摸索录制的过程中,逐渐掌握了取材和录制技巧,最后把视频题目定作:一句话说滦平。

首先，我用较口语化的方式讲了滦平的天气：温差大，夏天树荫下倍儿凉快，太阳底下晒得要命，冬天的风又特别硬；其次我讲了滦平是普通话之乡的原因，又顺便说了今天所说的北京话其实是北京胡同音的趣事儿；后来又开始讲历史，先说滦平化石多，再说山戎好神秘，最后说清朝皇帝打这儿过……

正值滦平要建县级融媒体中心，我得到县委宣传部长李秀宏、县委办主任金玉哲和政府办主任王存的支持，让滦平网信办熟悉抖音事务的关春雷帮助我创办抖音号。小伙子热情肯干，精通业务。我们一边商量策划抖音内容，一边填报表向抖音平台申请认证。

之后，我们想办法拓宽渠道。无论是参加活动，还是回报社汇报对接工作，我们都会留心为滦平自己的官方抖音号拓展渠道，甚至在阿里巴巴"培训"时，在与马老师及其合伙人对话时。最终，我们得到了包括报社的新媒体中心在内的各方面的支持。

冬去春来，花谢花开，滦平第一个官方抖音号一步步走了过来。随着抖音平台的发展和滦平抖音号自身的发展，我们录制时长权限也得到了提升，可以录制一分钟视频。我们经过探索和思考，决定还是录制15秒的视频，也就是一句话说滦平，这样不但突出了自己的特色，而且精简的内容更容易传播。

经过一段时间的努力，一条抖音的播放量达到了7万，点赞达到了100，虽然离抖音大号还有很长一段距离，但毕竟在粉丝培养相对缓慢的抖音平台开了账户，同时有了一些起色。

「哲思」

心灵是否也能"贫困"？

　　一次我从一个村子去另一个村子，路旁沿着河有一块狭长的田，虽然狭长但依然横着分成了三垄。一位大叔没戴草帽，在最靠近路的地方耕作。

　　大叔的脸晒得很黑，眉眼不是很清晰，看上去甚至分不清五官，大概也是因为我眼睛近视的缘故。"大叔，这是在种啥呀？"我指着他脚下稀稀落落的庄稼苗问。大叔头也不抬地回答："这是黑豆。"大叔态度很淡然，但不冷漠。

　　于是，我们便聊了起来，我发现大叔是慢热型，越聊越放得开，后来竟然开始考我，那边那一垄是啥，这边这一丛又是啥，边说边将靠在握锄头的手上的头摇晃得像旁边风吹的树叶。结果，我除了黑豆不认识，其他的都认识，大叔开始收起了"得意"，对我刮目相看。我也开始调侃大叔："我叫您大叔，其实按真的年龄应该叫您大哥，您怎么长得那么着急啊？"大叔呵呵地笑，笑得心无芥蒂。（其实我现在也和大叔差不多黑了。）

　　大叔家是贫困户，不过很早就脱贫了。他有两个女儿，现在都嫁人了，他和别人不一样，不满足于在家逗逗孙子、看看电视，他闲不住，平时去附近工地打工，累了就回家种地，种的东西都不卖,就是自己吃,"打理土地对我来说就是休息!"

地旁边的树上挂着一个大大的罐头瓶子,里面盛着满满的茶水;树下一块砖头上放着一个饭盒,大叔说里面有红烧肉,那是他的午饭。我仿佛闻到了花茶的香味儿和饭盒里家的味道,它们一起伴着午后的暖风在树下张望。

大叔正在和我说他早上六点出来打理土地中午不回去下午四点回家,突然那边玉米地一动,又出现了一个人。

大叔给我介绍,这位"玉米地大叔"是他邻居,曾经也是贫困户。我也主动和这位"玉米地大叔"攀谈了几句,但我发现他不怎么爱说话,他眉头中间有一个疙瘩,脸上凝结着长久累积下来的忧愁。说了几句话,他就又钻了回去,消失在玉米地里。

之前那位大叔对我说,这位"玉米地大叔"有一个儿子,现在在城里做生意,不常回来,回来的时候会给"玉米地大叔"带一大堆东西。"玉米地大叔"老发愁,该愁的愁,不该愁的也愁,现在还经常怀念没脱贫时的日子。说到这儿的时候,大叔爽朗地笑了笑。

大叔说,人和人就是不一样,我在这儿干活儿,老能想到过去买个水果罐头就可以过年的时候,老能想着现在女儿有时候买培根回来说换换外国口味儿,老能想着脱贫那段和扶贫人一起奋斗的日子,老能直起腰看看周围风吹玉米地的样子,觉得生活特幸福。那位老伙计(指"玉米地大叔")肯定不这么想。

之后,我一直蹲在地旁边看大叔干活儿,心里却在盘算着人生这点儿事儿。

后来,我又一次路过那里,再次碰到了两位大叔,他们都

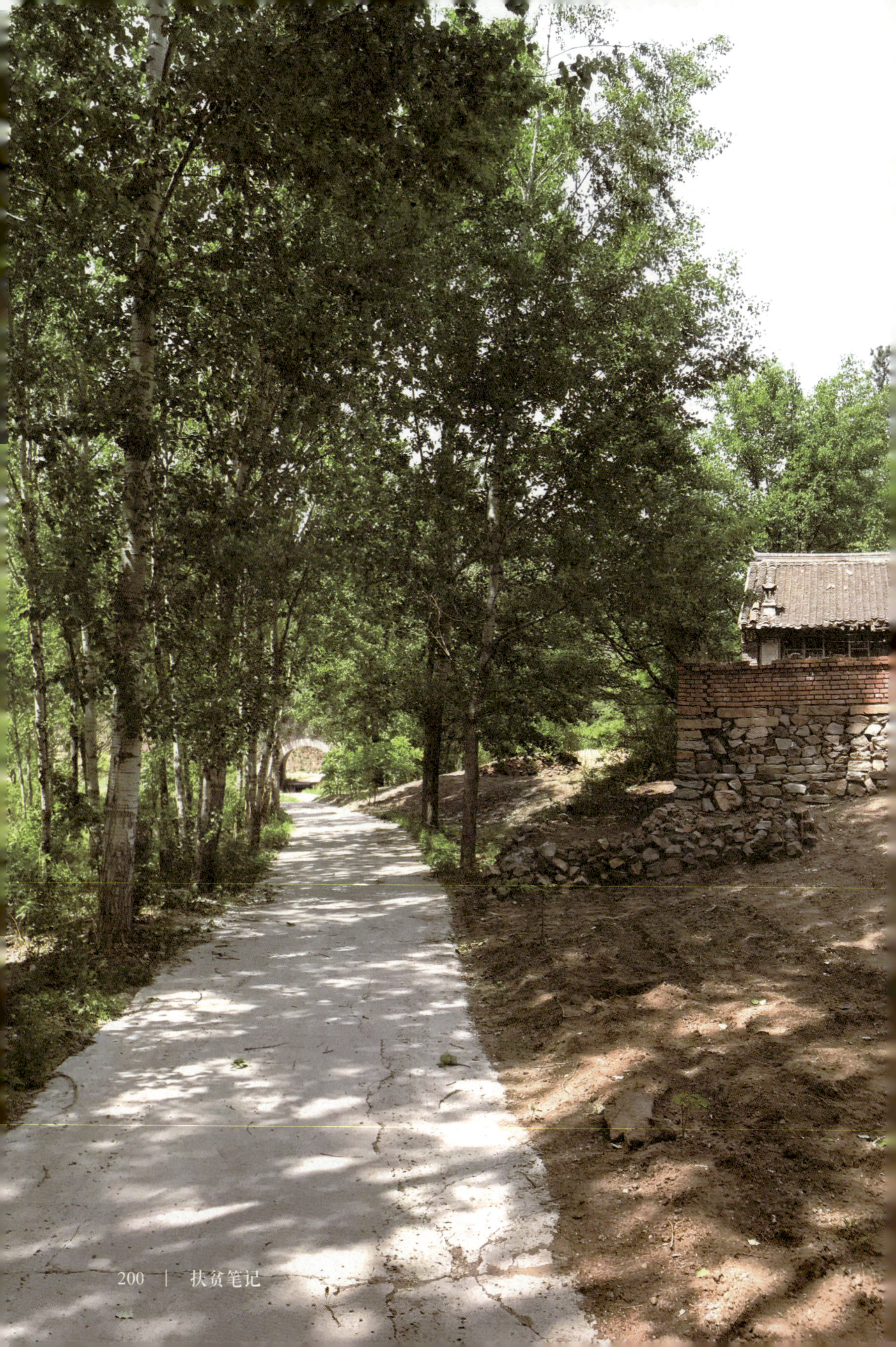

在远处干活儿，我也就没打扰他们，我看到大叔的衣服挂在附近的树上，兜里有一闪一闪的光亮，那是他的手机。

　　再后来，我跟两位大叔要了联系方式，一有空，我就往他们那里跑，"玉米地大叔"对我也打开了话匣子，我经常给他们带几本书，心理学方面的通俗读本，其实就是为了给"玉米地大叔"看的。那个时候，我和"玉米地大叔"聊得多了起来，我给他讲习近平新时代中国特色社会主义思想，给他讲我来扶贫的经历和过程，讲四书五经中的优秀传统文化典籍（当然是"白话版"的）。如今，"玉米地大叔"的眉头越来越开，中间那个疙瘩仿佛是化开了一样，就像不远处山阴处的冰，在初春渐渐融化。

家，并不在别处

先下一个坡，再转一个弯，周围还是看不到远处，因为这里还是坡路。于是，开始沿路打听，问路当地人很靠谱，基本不需要问第二个人。

终于找到公共汽车站了，队已经排了很长，从棚子外一直排到棚子里。这是 2018 年到滦平后第一次回北京。从滦平到北京的公共汽车 2013 年就开通了，早上首班车是 6:30，下午末班车是 16:00。熙熙攘攘的车站，时不时有一辆巨大的公共汽车从眼前倒车、拐弯儿、开走，人们背着行车、拖着箱子，与普通的公共汽车总站不太一样，有点儿像火车站。这样也就多了一种异乡的感觉，也就有了回家的感觉。

从上学到工作，从出差到挂职，从采访到行走，这些年不敢说走遍大江南北，也可以说去过很多地方，每每午夜梦醒迷迷糊糊的时刻，总是一时搞不清自己身在何方；待到头脑渐渐清醒，床头微弱的黄光渐渐条理了思路，便在思考一个问题：家在哪里？家是你的老家吗？家是你的出生地吗？家是你常年工作的地方吗？"少年时，父母是双桨；成年了，父母是故乡……"这是我高中毕业时写的一首诗，没错，父母在哪儿，哪儿就是故乡。可结婚生子后呢？那双料理家务温暖的手和牙牙学语稚嫩的脸庞是你时时牵挂的影像，是的，妻儿就是你放在肩上、搁在心里的家。那么，孩子慢慢长大，展翅高飞后呢？

　　人生风雨路，何处是家乡？

　　买了票，排队上了公共汽车，我坐在一位大姐旁，一股茶叶蛋的味道弥漫在我俩周围，那是从大姐脚下的编织筐里发出来的。于是，我两条腿只能叠在一起搁在过道上。我时不时地收紧、放松腿脚，以免发麻。看着窗外一掠而过的风景，我调节着自己的腿，这样被动后的主动行为让自己的思维变得清晰而中和，我忽然发现刚才在车站偶然浮现的异乡的感觉一闪即逝，再没有当年行走南北只身天涯的感觉。这是为什么呢？这真的是一个值得思考的问题，抑或不用大脑思考，而是交给良知让答案自动浮现？

　　主动选择来扶贫，主动把自己过去的习惯打碎、熔炼、重塑，主动锻炼知行合一、以行促知，这一桩桩这一件件，在我数次坐公共汽车时随着窗外的光景掠过，一次次的思索或是浮现，使得家的概念在我心中融化，化成父母的白发，化成妻儿的笑

容，化成故乡一草一木，化成一件件主动以行促知的小事，化成扶贫时一个个瞬间，然后喷涌向上，在空中炸开，像礼花一样绽放，绽成漫天的闪烁，群星璀璨，最后，满天星雨突然一收，收回来，收到心里，长久停留……

原来，家，并不在别处！

姑且化用一句辛弃疾的词作为这篇笔记的收尾："平生塞北江南，归来夜雨窗前；明月常圆故里，心中无限河山！"

你抓过蝴蝶吗？

发言完毕，我站在一旁静静地听其他人发言。我们面前站着一群孩子，他们有些拘谨，但又同时充满了活力。我举目四望，我们所在的学校操场正在等待翻修，不久的将来，水泥地面将变成塑胶地面，到时候孩子们可以尽情地在操场上奔跑，而不怕摔倒，这也是我们在这里举行活动仪式的目的。

再往远望，便是校园墙外的群山了，此时群山正在阳光下青翠欲滴，一棵小树在校墙外的山坡上活泼泼地生长。

忽然一片乌云从山那边飘来，几个钱币大小的雨点儿随即掉了下来，我们赶紧招呼孩子们进教室。等孩子们全进教室了，我的半袖白衬衣肩膀上已经湿了一片，而就在此时，乌云已过，蓝天一片，雨过天晴了！

合完影，其他人去参观的参观，有事先走的先走，我留下来，在又从教室出来的孩子们中流连。一个小男孩儿，脸蛋儿黑红黑红的，我想是常年跑山路的原因，便拉住他想和他聊聊，结果他先是看着我傻笑，然后不停地上蹿下跳待不住。这时旁边一个小姑娘说："叔叔，我俩是同学。"我一看小姑娘，很秀气，个子也很高，脸蛋儿也是黑红黑红的。

小姑娘告诉我,他俩都住在一个山沟里,但不在一个自然村,每天上学,她妈妈骑电瓶车带上她去接那个男孩儿,然后一起到学校。那男孩儿家是贫困户,很小就没了爸爸,他特贪玩儿,有时候去接他的时候,他还在小溪里摸鱼捉虾。听着小姑娘的话,我仿佛回到了童年,山区的孩子和我们小的时候比较像。现在城市的孩子吃的玩儿的已经和我们小时候很不一样了。

　　小姑娘家原来也是贫困户,不过很久以前就脱贫了。她高兴地和我谈起奥特曼和熊出没,于是小男孩儿也凑了过来。他们每个礼拜也都被家长允许玩儿两次手机。他们还知道很多很多现在世界上发生的事儿。看来他们并没有被现代生活落下。

　　又有好多孩子涌了过来,围着我,那一刻我也仿佛成了孩子,非常开心。但是心底也还保持着成人冷静的思考。我就想多听听孩子们每天生活的琐事,想象自己的孩子或是自己,在那样状态下去生活该是什么样子:什么时间起床?家里有iPad吗?住的地方有山有水吗?抓过蝴蝶吗?上一次抓蝴蝶是什么时候?……

这样，我能更好地看清自己工作对象的生活，也进一步能更好地看清自己的生活！

　　第二次再去的时候，操场边上有一辆挖土机，工程正在热火朝天地进行。报社外联的项目从来没有放松过，在每一个环节中都闪现着报社人的身影，联系、勘察、对接、座谈……第三次去的时候，操场已基本成形，空旷无人的绿色仿佛无边无际，一直伸向天边的蓝色。第四次、第五次、第六次……去的时候，孩子们已经在漂亮、不怕摔的操场上奔跑嬉戏了。我又投入到孩子们欢乐的"海洋"中去流连，想找到第一次来这里一起说话的孩子，可到处都是笑脸到处都是"盛开"，很难找到他们。不过我却听到了孩子们的话题——《哪吒之魔童降世》！

　　生活在不断地流动，群山围绕的学校里的孩子没有"与世隔绝"，没有被落下，他们在与时俱进，他们的生活越来越好，越来越丰富，他们在我眼前跑成一道阳光，射向明天。

时光的变与不变

"首先,我代表滦平县对各位的到来表示热烈的欢迎;其次,我代表我自己对各位的到来表示由衷的感谢,感谢娘家人来看我。"虽然有诙谐的元素,但这番话发自内心。《国家人文历史》杂志社一行的到来,是我到滦平后第一次接待报社部门到滦平搞捐赠等帮扶活动。

报社对定点帮扶县的帮扶形式多种多样,其中全社总动员,开展部门、子报子刊与滦平结对帮扶、共建捐赠等活动是特色帮扶活动之一。

下午,教室外寒风凛冽,教室里却春意融融,杂志社对小学校的图书、设备的捐赠仪式正在进行。当我们接受孩子们为我们戴上红领巾的一刹那,我恍惚看到了窗外斜阳的金色突然照亮了整个教室,也将我心底一些少年的记忆照醒。

放开父母的双手,放下捞鱼网、玻璃球,走进学校,参加入队仪式,时光把人生带入到了另一个阶段。那动人而纯真的学生时代就这样展开了,我们不再是独自一个人,我们是集体中的一员。

孩子们冲向操场的笑声,把回忆少年时代的我拉回了现实，我愉快地穿过时光里热闹的倒影，随着队伍走出校园。第二天一大早，我随着杂志社一行在国歌广场开展了重温入党誓词的活动。当国歌声响起，我们远眺长城，心潮澎湃，这时时光又奇妙地围着我打转，上班第一天的情景，以及入党宣誓的情景一下走向我，并走入我的身心。

我们开始工作，我们郑重宣誓，我们告别了单纯的课堂走向社会，我们终于把责任和使命扛在了肩上，我们开始心存家国放眼世界。一次次，一回回，我们殚精竭虑、我们不离不忘，再回首时，我们叮嘱自己，初心不忘，永远永远！

与杂志社总编辑王翔宇道别时，是在他们归京的路上，路旁有一条小路，通往山谷深处。当地人告诉我们，小路的尽头有一段没有列入景区的长城，老百姓叫它野长城。"我们的工作就是和人文历史打交道，我想去看看历史的影子。"听翔宇总编辑这么说，我"自告奋勇"陪他去看看。

我俩经过一段崎岖的山路，然后穿过没有路的荒草丛，当鞋上挂满了苍耳、衣服上挂满了刺的时候，我们在暮色苍茫中看到了长城。

严格地说，这只是一段。这一段往下消失在一人多高的荒草中，往上顺着山势攀到山顶，在快到山顶处断掉了。据说山后还有绵延的部分。初冬的风吹来，周围的山穴，竟然都发出呜咽的声响，草一起匍匐着，仿佛有什么事情要发生。暮色好像发自地下，慢慢地辐射开来，笼罩住天地。就在这苍茫之间，一条时间的记忆之龙横亘在眼前，从浩渺的时间长河中来，又一头扎入浩渺的时间长河中去。只有在我们眼前这一段露出了"水面"，任我们凭吊和遐想。

有一天，我们都会退休，离开了共同工作的集体，慢慢地走向自己时光的尽头。

当我们的时光快到尽头时，一个个孩子却正在变成少年，他们的时光才刚刚开始；而整个人类、整个世界的时光长河正在奔流不止。

沧海虽然桑田，但有些东西是不会变的，永远不变。我们坚信，我们坚持，我们奋斗不息。

回到路口，再次道别。汽车的马达声渐渐远去，我又看了一眼"时光的小路"，然后转过身返回县城，因为第二天一早还要下乡。

追求"干净利索"

八点半。

村部会议室。

传达了文件后,立即就具体问题进行了交流和部署。

随即到村子里去,到一家一户去。

之前。

醒得很早。打开窗户。

就着清晨的清新空气在窗前自学。

放下书。关上门。下乡。

一切都有条不紊,一切都不拖泥带水。

刚到这里的时候,在迎接新工作、新生活的时候,出现两个问题。一个是两眼一抹黑,手头的事情千头万绪,就仿佛缠到一起的毛线,找不到线头儿,然后什么事情都关心,什么事情都较真,最后是口干舌燥、两眼昏花,疲惫不堪;另一个问题是会被一件事绊住,在这件事上产生各种情绪,时间一长,拖慢了进度,同时拖垮了信心。

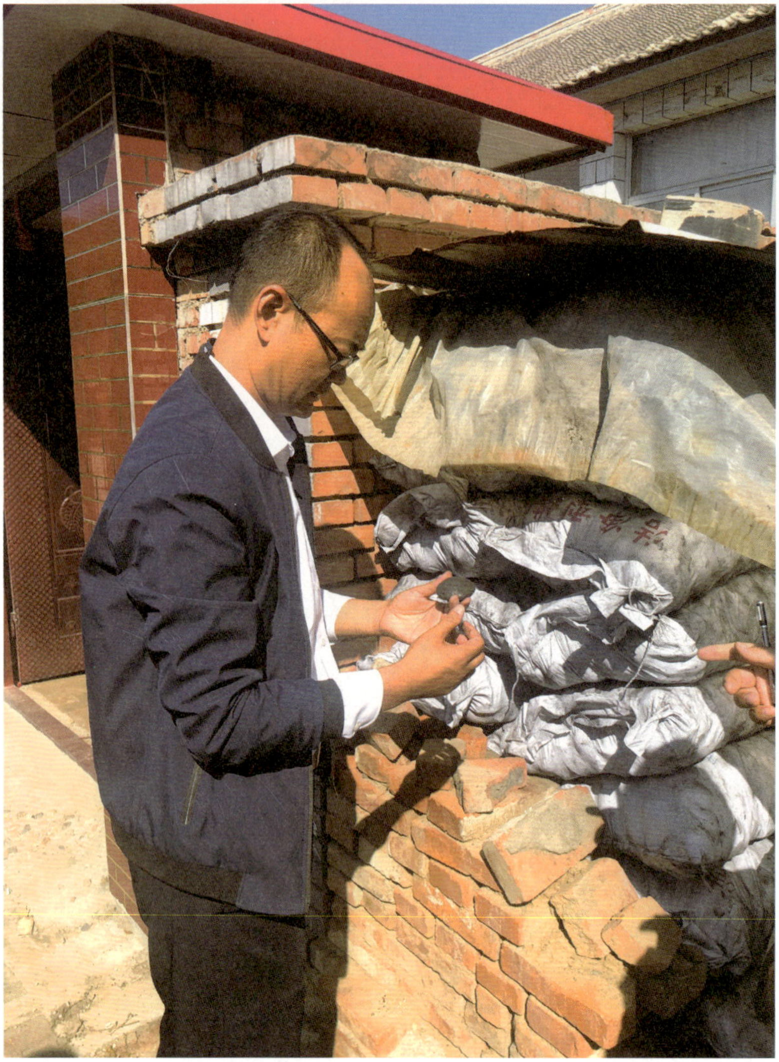

后来，渐渐地学会了把握脉络，用心底良知掌控事物的发展节奏，辨别轻重缓急。这是一个自身的体验过程。

这次下乡是督导基层党组织相关工作，同时兼顾节日安排以及燃煤改造。早晨头脑清醒，自学让心中充满了朝气和力量。路上用几分钟的时间在心里梳理了早晨的学习内容，然后又读了一遍文件，在网上查了几个不太熟悉的术语，同时和乡长满海波了解了相关情况。

到了村子，开短会，传达文件、交流、部署，一气呵成，绝不拖泥带水。到村子里现场督导，选择步行，这样有个好处，步行过程中还可以听听情况，另外在途中可以捕捉到和专项工作相关的细节。

了解情况有个"绝招"，我称其为两步走，一个是直接了解，要求相关负责人介绍情况，一个是间接了解，走到老乡中间，把工作语言变成"唠家常"，把问题放进唠的家常里（不过一定要掌握时间和节奏）。

比如了解村基层党组织的情况时，这个方法就能做到既行之有效，又可以缩短时间加快节奏减少拖沓。

生态文明建设目前是滦平工作的重中之重。燃煤改造利县利民，净化空气，势在必行。在听汇报时，我了解到目前几个村的燃煤改造都处于进行中。

孔子说："吾有知乎哉？无知也。有鄙夫问于我，空空如也。我叩其两端而竭焉。"这句话大概的意思就是，孔子先自问，我知道什么吗？我有知识吗？没有，我啥都不知道。有人问我问题，我对他说的一点儿都不知道。而我从两端去反问他，了解了从哪里来到哪里去，了解了正反两方面，了解了两个对立

面，我就把问题回答了、解决了。

去现场调研督导燃煤改造时，已经是中午了，一点还有一个会，所以我决定用"孔圣人"的方法，"叩其两端而竭焉"。我先去了一家还没来得及改造的猪场看那里的燃炉，通过仔细观察询问，在敲打炉筒和丈量灰膛过程中，我基本了解了旧炉子的结构，以及旧煤的特性。

然后我又看了一家改造后的新炉，从型煤袋中取出型煤观看。据介绍，型煤的单位价格虽然略高于旧煤价格，但是所需单位燃烧量较低，两方面一平均，成本基本相等。另外燃炉是免费发放，政府还有补贴，所以，这些措施应该是既净化了空气，老百姓又得到了实惠。

写这篇笔记的时候，我才发现，我在询问乡里这些信息时，提问不知不觉又用了"叩其两端而竭焉"的方法。

下午开会前，我简单回顾了一下上午的工作经历，一种"干净利索"的感觉油然而生，这种感觉让人自信催人奋进。

换位的幸福

高大的新媒体大楼就在眼前。仰首上望，那柔和的曲线直接深入蓝天。站在这里，我感慨万千：这里是我最熟悉的地方之一——人民日报社西门。

多少次从这里经过去上班，多少次夜班回家在这里穿过树叶间的灯影，多少次站在这里等待前来拜访的朋友，多少次去不远处的食堂吃饭买老玉米回家，而此时此刻，我站在这里作为滦平县的一员，正在等待滦平平坊乡中心小学的孩子们的到来。

人生就是这样，如果我们能经常换换位置，换换角度，然后再故地重游的时候，我们会体会到以前体会不到的东西，会品尝到不一样的生活滋味。

正想着，大巴车已经开了过来，经过我们身边向停车场开去。经过的一瞬间，就在那仿佛光影拖着尾巴一闪而过的一瞬间，能捕捉到几个孩子有代表性的眼神，兴奋的、愉快的，还有几分慌张。在这些眼神里，我仿佛看到了童年的自己，第一次从草原城市到大都市的眼神，也仿佛我的儿子第一次到游乐场看到比自己大的孩子们的眼神。于是，我有了一种此时也坐上了大巴车的错觉。

孩子们从车上下来，跟着老师聚集到我的周围，因为我也是来自滦平的。于是，刚才的错觉不再是错觉，而变成了实实在在的感觉：我是他们中的一员，我和他们在一起。我带着这样的感觉这样的视角，走进中央厨房，走进报社图书馆，走进金台园，我的脚步轻如莺燕、焕然一新。

报社乔永清秘书长、办公厅郑剑主任在百忙之中抽出时间专门来和孩子们欢聚一堂，当孩子们给他们戴上红领巾的时候，我看到那早晨的光辉映照在他们的脸庞，童年的活力围绕在他们身上，对孩子们的关爱让在场的每个人都是那么的年轻，那么的欢畅。

一个贫困户家的小男孩儿，脸蛋红扑扑的，有些腼腆，在金台园自由活动时，他紧紧拉着我的手！于是我也拉着他，走遍金台园的角角落落都没有松开。我们一起参观了报社大院，走进叔叔阿姨们辛苦工作的地方，经过了一排排书架，一起和图书馆的小机器人对话，最后在图书馆馆长何宇等阿姨叔叔们春风般的态度里慢慢放松了下来，在金台的春风里放飞。

放飞的孩子动情地写了一封感谢信给报社的叔叔阿姨们：

敬爱的人民日报社的叔叔阿姨：

你们好！

很高兴能在这里为您读这封信，很高兴我们来到了只有在电视上看到过，只有听老师说过的人民日报社。

叔叔阿姨，能来参观人民日报社，我兴奋得晚上睡不着，只为早点儿起来，只为早点儿坐上车，只为早点儿到这里。

　　一路上，我想象着人民日报社该是何模样，我想是忙碌的，因为有许多许多的信息从这里传递；我想是温馨的，因为有许多许多的故事从这里讲起；我想是有爱的，因为有许多许多次听老师提起，人民日报社的叔叔阿姨去各个地方捐赠，也包括我们的学校。叔叔阿姨，谢谢你们，让我来到这里，谢谢你们，为我们捐赠书籍。每当我们拿起书的时候，便会想起这本书来自哪里，这些书不仅仅是知识的传递，更是爱心的传递。

　　谢谢你们，人民日报社的叔叔阿姨。

平坊中心校　钱新意

　　至今，我手机里还保存着这封感谢信红红的照片，每次看到的时候，我就觉得我的人生很青春，很童真，很丰富，在那一天，我好像穿插在几个身份之间，感受着时代的幸福。

奋斗式的休息

看完大样，伸了伸腰，走到院子里，一位同事在抽烟，我望着北京灰蒙蒙的夜空，想后天就要去滦平挂职扶贫了，不知新的工作和新的生活具体什么样……走前一天开始收拾行李，安顿家小。孩子还小，不懂得爸爸要去哪儿要干啥，有很长一段时间以为爸爸就是偶尔才见到的人……

刚到滦平，在适应新工作和新生活的同时，我开始"倒时差"，之前是每天凌晨一二点下班三四点躺下六七点才能睡着，到滦平后六七点就要起床了，晚上最晚也要十点睡，一开始晚上睡不着，早上醒不了，一天头昏沉沉的，后来晚上能睡着了，可一到四点就醒，醒来就睡不着了，到六点该起床了，却开始困得睁不开眼睛。再后来，经过一段时间的"倒时差"，睡觉规律稍微正常了一些，不过直到现在还有四五点就醒的毛病。

由于这些原因，开始闹肠胃病。第一次闹病，刚好家里人来看我，头一天浑身无力，但还是坚持陪父母在附近转转，因为滦平是"山城"，多坡路，所以上一道坡的时候，我几乎是拖着腿上来的，父母看出来了，就去附近买了药照顾我一星期。从那次起，秋冬时节就经常闹肠胃病，一闹起来，就发低烧浑身无力，胃里发堵，喝点儿水都觉得胀。

一次，市里有个学习班，分管领导在省里开会，我替他参加。头天晚上，从村子里回来晚了，食堂没饭，我就回宿舍泡了个方便面吃，然后夜里就开始闹肠胃病，起初不严重，早上起来我就没和任何人说，还是坚持去。坐车前往市里的时候，天阴阴的，就像我整个人的状态。非常非常想睡过去，浑身就像被抽真空了，一丁点儿力气都没有。车在路上颠簸，我的状态越来越差，阴沉沉的天好像很低，压得我喘不过气来。

到了学校，那年冬天的第一场雪便开始下了，几朵雪花沉重地落在我身上。教室里很温暖，我的状态略好些。座位是一排排的，一个人和一个人挨得很近，所以记笔记的时候，两条胳膊都收在桌子下。我尽量让自己的精力转移到学习内容上去，把跳出的不良情绪一点儿一点儿都剔除掉，就像王阳明曾经说的"……常如猫之捕鼠，一眼看着，一耳听着，才有一念萌动，即与克去……"。这样克，我发现竟然出现了奇迹，我的精神振奋了起来，虽然身上依然无力。

后来我请了假休息了两天。休息这两

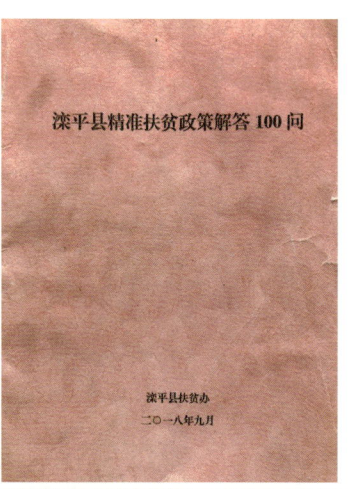

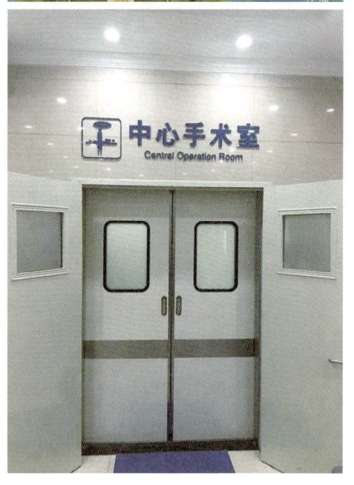

天，除了想办法给自己弄饭（我不是老躺着，而是躺一会儿），就起来看扶贫书籍二十分钟，然后再听会儿音乐看几分钟抖音，然后再躺会儿，再起来写作二十分钟。这样的安排发生了奇效，身体迅速恢复起来。过后，我觉得，当我们生病或处于某种低谷的时候，我们千万不要彻底休息，而是要有效安排一些学习工作内容到休息过程中去，当然要因事制宜量力而行，不是要自己完全不休息，而是合理的休息。

那个冬天，在脱贫攻坚阶段工作之后，我彻底病倒了，先后动了三次手术。有了之前的经验，就是在住院期间，我也没有"完全休息"。我在医院病床旁的凳子上摆着《传习录》和《滦平县精准扶贫政策解答100问》，经常在病友和他们家属异样的眼光里拿起来翻着看。时间长了，由于我丝毫不在乎他们眼神所持有的态度，让他们不再认为我在"作秀"，而在我输液和插着导尿管时主动来帮助我，还会偶尔借我的书看。

在生病期间，有时候还主动给县里或报社一些人打电话，联系一些帮扶事项，也会继续对接阿里巴巴等一些扶贫事务。这样做，我发现一个奥秘，这不只是利于工作的推动，而且特别利于身体的恢复。

早上，吃完病号饭，推着输液架在走廊里走一趟，回到床上睡半个小时，起来请人把床摇起来，半靠着看半个小时书，站起来在窗口往远处看一会儿，再发几个微信联系一下工作，然后边和病友聊天儿边听有声小说，一上午下来，心里特别充实，精神特别好，而医生查房、亲友探视就成了整个安排之外很有滋味的调剂。

挤出来的学习和工作，有时候是为了更好地休息，而更好地休息，是为了更好地奋斗。

与痛苦和平相处

动完手术后,身体一直有些弱,经常是隔几天便闹个小病,不是肠胃消化不好,就是感冒发烧。牙齿也跟着起哄,一颗门牙"下岗"了好几次,害得我开会发言的时候总不好意思嘴张太大。

一次上午开一个重要的会议,会前,就觉得四肢发软,眼睛睁不开。咬紧牙,参加会,一开始还能挺得住,后来实在不行了,便走出去在走廊里清醒清醒。腿软得厉害,竟然扶着窗台,还有一种想滑下去的感觉。心底便泛起一个不好的念头:我怎么这么倒霉?干点儿事儿怎么这么难?后来实在坚持不住了,临时打车去了医院。

到滦平,和医院打交道不少,大毛病没有,小病不断,而且挺难受。去医院多次,发现滦平医院有个特点,具体而微。滦平两所大医院,一所是县医院,一所是中医院,两所医院离得不远,科室俱全,医疗设备也挺先进的。中医院还和北京中医院是共建医院。

另外,在医院里,我有一种说不出的感觉,只是知道这种感觉和小有关,和县城医院有关。这里的医生态度比较平和,

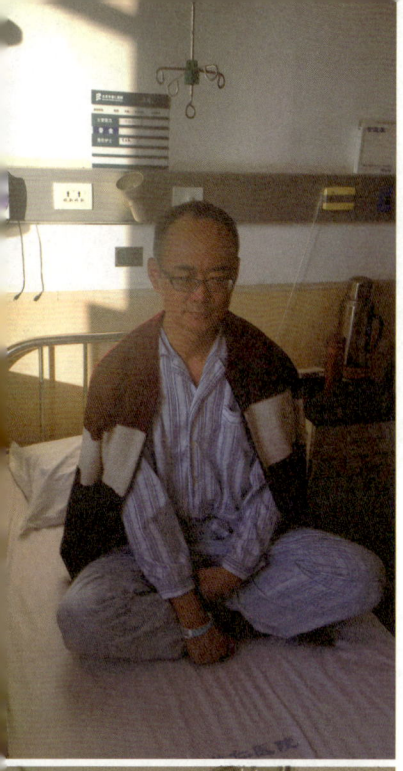

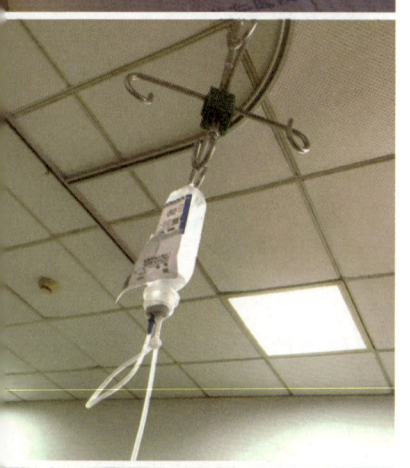

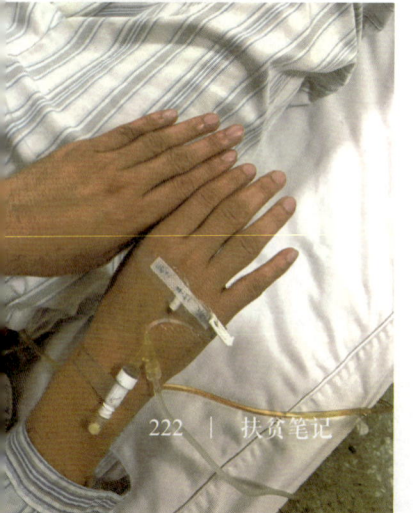

没有大都市大医院有些医生那样盛气凌人，显得比较朴实，他们经常会自称是小医院的大夫。一次开会，我见过中医院的张子东院长，他长得慈眉善目，说话平和稳健，虽然年轻却颇有些老中医的风骨。所以，到这里的医院看病，从大夫那里，你不会获得压迫感。

这里医院里的病人，很多都是老实巴交的村里人；即便是县城里的人，也不会大呼小叫，不会加塞挤排，不会有我是病人我怕谁的气势。以前在大医院见过的手术完了缓过劲儿了马上就吆五喝六操着京腔的大胖子在这里完全看不到。在这样的病友中看病，你看病就是在看病，轻易不会发生其他的冲突，你的心会相对比较平静，会静下心来体味你和病痛、和时光共处的感觉。

一次，夜里，我有点儿发烧，去看急诊。坐在椅子上的时候，旁边有一位大娘，歪着脑袋在休息。时间一长，我们就聊了起来。"今天天儿真好"，她一开口，我就猜出她是个乐天派。然后她就开始给我讲她的病史，也讲她享受了什么政策，怎么去报销的。她说，现在病得起了，政策特别多，这项报点儿，那项报点儿，几乎

222 ｜ 扶贫笔记

不用花钱。如果对政策不明白，还有人给讲，那些驻村工作队的可热情了，有的还带着你看病。

我也和她说了说我的状况，我以为她会告诉我注意这注意那，以一个年长病友的口吻教训我太不注意身体了；但没想到，她竟然对我说，没啥的，都会过去，病这玩意儿，你别太在意它，也别太不在意它，它来你就受着，赶紧看，很快都会好的。等时间长了，你觉得看病的过程也是生活，也挺有嚼头儿的。

我真不敢相信这是一个常年受风湿病痛折磨的农村贫困户大娘说出的话，如此达观，如此了悟。

等我进去试表的时候，那位年轻戴眼镜的大夫没有赶我出去，而是和我聊了几句，他挺随和的。他听出我是外地来的，就和我说起他在外地上学的经历。他说："大城市不好待，还是自己家乡更舒服些，亲人多，熟人多。就像这医院里，看病的、治病的，很多都彼此熟悉，有的甚至是老邻居，这种感觉挺好的，就像一个大家庭。"

他又说起对疾病的看法，他觉得病就像一个人，你拒绝他，害怕他或是厌恶他，他就会变本加厉，而如果你接受他，认可他，先与他平静相处，你就会找到一种和缓而有效的方式！

这一夜，我吃惊了，吃惊在这位医生和这位病人充满哲理的话语，而这一夜，我也平静了，因为面对疾病我有了新的看法。

拿了药，准备走的时候，门外已经曙光乍亮！

扶贫，也是扶己

一路走过来，我竟然觉得，改变最大、收获最多的人是自己。

来扶贫之前，多年也在追寻。为什么我们生活越来越好，有的时候烦恼却越来越多，慢慢地发现，原因不在外面，而在内心。

打开手机新闻，各种各样的事件反映了一些人内心的焦虑和彷徨。

看周围的人，失恋的、生病的、在单位看别人眉眼高低的，在烦恼中起起伏伏，时而清醒时而糊涂。

自己也是，少年时就开始涉猎各种哲学、心理学书籍，甚至有一段笃信心灵鸡汤，想为自己和其他人寻找一条通往摆脱烦恼的道路，但就像雾里看花，水中捞月，有时就在眼前，仿佛唾手可得，但却总是无法触及。

王阳明说："诸君要实见此道，须从自己心上体认，不假外求始得。"不过，只坐在屋里，三点一线，看些书，写些稿子，仿佛还不够。当扶贫的机会摆在眼前的时候，我决定去试一试，让自己在事上磨，做到真正的知行合一。

从小到大，也没少去农村，甚至"局部"地干过一些农活儿，但当自己真正地走上扶贫工作岗位、真正地和贫困户"扎"到一起、真正地在田间地头"摸爬滚打"的时候，才发现那种感觉是天壤之别。而当这种天壤之别的感觉用语言表达出来的时候，你又会惊奇地发现，在表面上它的差别只是毫厘。

你还是你，你可能还是保留着以前的各种生活习惯，或习惯沉默或习惯激情澎湃，但你的内心已经变了，思维模式也变了。对于那片黄土地来说，你不再是过客，不再是旁观者，也不再只是记录者。

也许你会被工作压力压得很疲惫，也许你会偶尔心底生出烦躁和牢骚，也许你会切实感到痛苦和焦虑，但这说明你不再是蜻蜓点水，不再是浮皮潦草，不再是"站着说话不腰疼"，你身上的责任，你身下的岗位，让你变得踏实、实在，让你设身处地。

一名先天有些智障的小伙子，当坐在地上冲你傻笑时，当他自己撕破的棉衣一角在冬天的风里微微颤动时，过去的你，也许会同情，也许会落泪，你会掏出自己身上所有的钱塞在他手里，也许会去村头小卖店买五个面包递给他，但你却不愿碰他的手，更不愿让他以后联系你；而现在的你不同了，你是"父母官"，你是责任人，也许你只是拉着他的手什么都不说，也许你只是帮他拽紧破衣服的口儿，但你转过身就会去相关地方询问他的情况,去了解他们家是不是低保户是不是建档立卡户，你会询问还有多少像他这样的人，你会询问他整个的医疗程序，你会询问照顾他的人是谁、多大岁数、劳动能力强不强……你还会在开会的时候，参与研究相关民生条款时，眼前浮现出他坐在村口地上的形象！

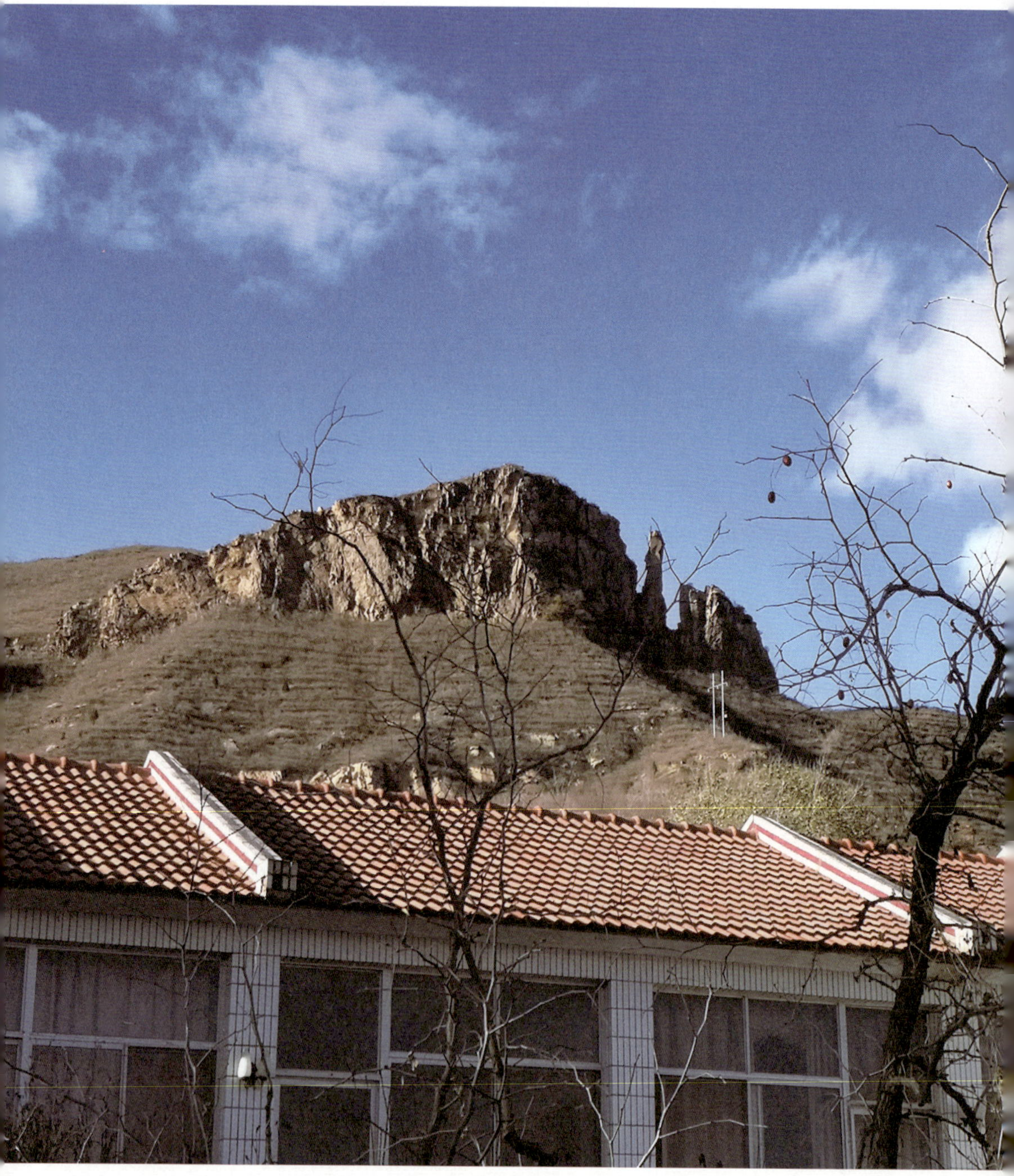

你不再是外人！

而这种踏实、全局的工作体悟，慢慢地开始发散，开始辐射，向自己生活的各个方面辐射。你全身的细胞和经验都被调动了起来，你的生活也开始干净利索，刷牙洗脸都变得那样的简单高效；你的思维也开始清晰起来，你知道什么是重要的什么是次要的；你的着眼点也开始广阔起来，风言风语就如清风过耳，不留任何痕迹；你处理问题的方式也开始灵活了起来，不再在琐事上较真儿，死求一计；你休息的方式也更加积极，哪怕是坐公交车也学会放松自己……

你变得更幸福了！

儿子的哭声在你耳朵里，已经变成了音乐，动听无比；妻子平凡的微信，已经变成了水和空气，珍贵无比；父母的白发不再引起你的恐慌，而会增加你的温暖，坚定你的来路；就连岳母的嘱托、朋友的调侃也变得那么有趣与和谐……

是的，是你变了！

扶贫，也是扶己，也许，当我们归来的时候，我们交给世界的，是一个全新的自己！

扶贫的春夏秋冬

立夏后很长时间，这里还没有热起来，山里的小县城这段时日总有些凉意。不过，随着时间推移，太阳变得越来越毒，可能是因为夏天空气比较洁净，所以能见度好，光线的穿透力也好。但也正因为山区，所以只要往阴凉地儿一站，便凉快了起来。可下乡的时候，在田间地头，有时候是没有阴凉的，那时皮肤真的会冒烟儿。防暑，也就成为入户时同老乡们聊得最多的事情。此时的我们不像帮扶，而像坐到一堆儿商量怎么更好地避免中暑的拉家常。

装着绿豆汤的大罐头瓶子，看着夏日的时光一点点挪移，满眼的裙裾飘飘，从城里飘向农村，没有明显的界线。你有时候就在烈日下那么走着，便走到了乡下。我想，将来我肯定会怀念这段随便就可以走到乡村的日子。

草帽戴在头上，听着周围虫声阵阵，站在村口大树下，恍惚来到了宫崎骏的乡下；下雨了，是瓢泼的那种，没带伞的我们也不着急，因为无论走到谁家，都可以借到那一片"干燥"，站在村子里的公共汽车站，雨不停地下，快到黄昏，路灯亮起，难道龙猫就站在我身旁？

回到宿舍，小灯周围时不时会有飞蛾旋转，夏天的味道在"两不愁、三保障"的字里行间弥漫并扩散开来，那满眼绿色的夏常常守在挑灯工作的我旁边，把所有夏日文化的片段都抓了过来，揉碎，悄悄放到奋斗中去，为它自己刻上了意义的花纹。

这里秋天走来的时候，北京胡同口大妈还在扇着蒲扇。这里的秋天来得非常重，也非常沉。那大片大片的落叶一夜间便满地都是，就这样从食堂门口一直堆到乡下去。踩着落叶去村子里转转，拉着老人的手问问冷暖，没有了帮扶的意识，我们已成为老人生活的一部分。身上棉衣的增多，让自己觉得踏实，从羽绒服里伸出手，去摸摸炕上的炕褥有多厚，回过头看到炉子说："哪天烧炕？"

相比起来，冬天来得比较无声无息，因为深秋已经很冷了。中午，站在校园里宣读捐赠仪式开始，暖烘烘的阳光照着，身上恨不得只穿一件夹克，可天一擦黑，那冷即便在没有风的时候也像风吹一样渗透到骨头深处，终于知道什么叫彻骨。赶紧换上厚得不能再厚的羽绒服，戴上有毛边的连衣帽，轻轻咳嗽两声，继续走到正在翻修的房子中去。冬天紧紧裹住迎接省

检组的谈话,用哈气的方式去工作,于是整个冬天在我的回忆里变得有力。

走到冬天深处的时候,住院了,医院门上也挂着厚厚的门帘。爱人买的糖葫芦就在《滦平县精准扶贫政策解答100问》旁边,套着纸袋以免把糖弄得哪儿都是。雪光有时会映进生活,那密密的斜织,织出深夜旷野的遐想。随着病情的好转和恢复,随着工作不断开展,春天来了。

先是冰面有了解冻的迹象,然后鸟叫多了起来,那光秃秃的气质开始变了,变得朦胧,变得绿意隐隐。拖拉机开到了山腰,明天开始耕耘,翻开的土地准备着大干一场。春天的脚步越来越响,越来越响……

这扶贫的四季真的有些不同,到底不同在哪里,我也说不完全说不太清楚,不过,我想,看《扶贫笔记》的你们都看出来了……

这里的早、中、晚

每次醒来的时候都看一眼窗外，窗子都在"黑着脸"。当窗子开始有了蒙蒙的亮光时，天亮了。乳色的雾在小山头间流荡，在群山之中的这个小城的楼间游荡。这一点，鸟儿最清楚，它们开始躲在幕布后一声一声地歌唱，为开场前垫场。渐渐地，歌声越来越多，越来越密，越来越按捺不住，哗啦，幕布拉开，鸟声大作，天亮了！

大爷大娘早就起床了，用水抹一把脸，便把米倒进了锅里，此时城里的马路上人也多了起来。昨天晚上看完的文件还摊在桌子上，微信已经响起，今天临时增加的会议通知已经传了过来。还在心底的几件事让边刷牙边望向窗外的自己渐渐清醒过来：周五某某部一行来某某乡小学捐赠的会场布置还没部署、关于某某扶贫协作稿件还要再问问、笔记中某个数据还需要核实、晚上会上的发言还需再整理、明天去市里开会还需要再确认一下地址、某某网页的扶贫平台需要开一个企业调度会、待会儿要去村子里督导某项工作并且入户……

上午的时光在裤管上荡秋千，在鞋上颠簸，在会议记录本上随着笔尖来来往往，在出差的车上里里外外，在发言的嘴里出出进进，在与老乡的谈话中走入心里……

　　午饭后，暂时的宁静走出了食堂，走在了路上。下午还有会的前提把时光用手攥了攥，让它缩水，然后又还给了我，我拿起轻轻一抛，扔在冒着热气的红茶杯里。午后，阳光从树叶间洒下，洒在林间，路旁的林间，洒在春的嫩绿上，洒在夏的怒放上，洒在秋的厚厚的黄色上，洒在冬天寒冷的白雪上。尤其是秋天，就那样，一条金色的小路曲曲弯弯地通向田间地头，通向村子白墙红顶的深处。小巷口静悄悄的，一溜儿红砖中间留出一片怒放的花，在这秋色里依旧盛开着，一条大狗趴在旁边，发出呼噜声，时不时地翻一下眼皮。院子里的大白菜还没收，绿绿地回忆着夏天，白菜上有了几片落叶。几间屋子都静悄悄的，老人只是躺在炕上打个盹儿。炕头还有余温，想是昨夜烧过了。堂屋里的钟嘀嘀嗒嗒地响，所有的家具都在午睡。冰箱突然醒了，全身抖动发出一阵嗡嗡声，它睡眼惺忪地向四周望了望，满意地摸了摸自己肚子里的蛋糕、炒菜、芥末酱还有一捆大葱，然后又睡了。西屋炕上没有人，只有一本红色的扶贫手册躺在那里，上午工作队来填写过，家里人忘收起来了。午后的阳光悄悄地在窗格间移动，在地面上爬行，它一直在对比过去和现在的午后，因为它经过的窗格和爬行过的地面都是那么的不同。

　　下午的时光在裤管上荡秋千，在鞋上颠簸，在会议记录本上随着笔尖来来往往，在出差的车上里里外外，在发言的嘴里出出进进，在与老乡的谈话中走入心里……

　　暮色开始慢慢地涨潮了，天边的红光渐渐褪去，村

子外的那一块儿地中间的一棵树渐渐暗下来，渐渐隐藏在黑暗里。总是有种烧秸秆和荒草的味道，而这味道由于近年来大气污染防治越来越少，偶尔漏网的味道还是飘了过来，就像大海里飘来了漂流瓶，还让人感受到北方农村过去特有的风格。山谷里，暗影向周围蔓延，一道弯弯曲曲的炊烟袅袅地从村落中间升起，然后又有几道从村子某个角落升起，但绝不会多。很快暮色被黑色代替，而就在此时，突然有一种柔和的光亮起，洒向乡村的各个角落。弯弯的月亮挂在树梢，也挂在院子里屋檐下燕子窝跳出的一角。往外走，这山路的路灯都亮了，远远地弯弯曲曲地走出山去，这路灯竟然都是光伏的，电杆上的小

小光伏板显得特别现代特别漂亮。

　　弯弯曲曲走出山谷的路灯与县城里马路上的灯光无缝对接，灯的长龙一头便扎入灯火万家中去。夜深了，农村县城都沉默了，值班回宿舍的路上，一回首间的霓虹，随着自己走入梦中。

　　这里的早、中、晚仿佛和别的地方没有什么不同，而因着扶贫，因着奋斗，却变得那么不同，而且注定会影响到今后人生中的每一个早、中、晚。无论我们是谁，无论我们身处何方，我们先先后后都会走，都会离开这个世界，都会去另一个地方，而在我们没有到达那个地方还走在去往那个地方的路上的时候，我们该用自己的脚、用自己的手和用自己的心赋予每一个早晨、每一个午后、每一个夜晚，以什么样的内容？

「结篇」

这不是庆祝，而是起航

　　站在一所在建民房的院子里，左手是一堆水泥，右手是一个大桶，我卷起裤管，撸起袖子，用手去摸地基上的钢筋，此时，微信响了，我用手腕儿夹起电话，看屏幕提示是朋友发来的一个链接，没法儿细看接着工作。

　　休息的时候，我就着水管子冲干净手，在裤子上蹭了蹭，然后掏出电话，走到一棵树下，打开。此时正有风从周围的山上吹下来，穿过头顶的树叶，穿过我的头发，也穿过我的惊喜。

　　脱贫了，滦平脱贫了。河北省公告，滦平已退出贫困县序列。确实有些激动，确实有些感慨，确实有千言万语却说不出来。站直身子，看看周围的绿水青山，看看眼前在建的民房，看看静静地正在"等待腾飞"的村子，我走回去，接着工作。

　　摘帽不摘责任，摘帽不摘政策，摘帽不摘帮扶，摘帽不摘监管。未来的路很长，乡村振兴正在前方，只有不断发展，绿色发展，高质量发展，才会离贫困越来越远。

　　大伙儿都依旧埋头做着自己的事情，街上依旧车水马龙，一切工作都依旧有条不紊地进行着，所有的人都铆足了劲儿往明天奔。两个一百年的目标就在前面，中国梦等着我们一步一个脚印去实现。

　　回到宿舍，窗外已经是万家灯火，我拉上窗帘，换下有些风尘仆仆的鞋，从包里拿出刚才在路旁小店买的花生米，破天荒地打开了一瓶青梅酒（手术后不能喝酒，一直没碰酒；青梅酒度数很低，类似古代的米酒），倒了一杯，不为庆祝，只为回顾、停留、明天更好地出发！

　　回首过去，看来路，感慨万千：刚来的时候，两眼一抹黑，一切都是未知数，慢慢地摸索，慢慢地进入；村子里的风，村子里的树，夏天如火般的阳光里，顶着草帽的生活，让脚步更加踏实；一沓沓文件，一个个农户，当精神和行动知行合一的时候，老乡家的红色屋顶，从旱厕那窄窄踏板的记忆中走来，中午的蚊虫嗡嗡声和着玉米的簌簌声以及草树的味道，依旧伴随着入户的脚步；贫困户脸上的皱纹、冰箱里的雪糕、墙旁的鸡蛋筐和米袋子、炕上睡得脸红扑扑的孩子，组成最动听的交响乐，成为工作面对的群体，融入；泥泞的路、湿透衣服的雨、吹到骨子里的冬天的冷风，没有阻挡住前行的脚步，只是让皮肤更糙、眼神更沉、心里更结实；迎接检查的早晨，厚厚的军大衣，"两不愁、三保障"的概念，都化作手的力量，去触摸冬天傍晚孩子们坐在教室的温度；会后病倒，那有些忍受不了的疼痛、和病友的谈话，杜冷丁传说变成现实，暂时的凄凉却如耳边清风，变成自己过后对自己说的硬话，腰杆挺得更直；摸着那一栋栋新建房屋的墙砖，看着

那一条条笔直的新路，我把手抱在胸前，眼睛眯缝起来，仿佛是在想自己悄悄离开时，那一转瞬的心情……

　　我停下漫天的思绪，站起身，关了屋子里的灯，打开窗帘，让星光和灯光洒进来，把我和酒杯包围。就破一次例吧，就喝一次酒吧，举杯，和往事干杯，和亲情干杯，和友情干杯，和同志之情干杯，和人生干杯！

　　儿子牙牙学语的神情和最初撕心裂肺的哭声、父母与岳母风中的白发、妻子国旗下的照片与夜晚巡逻时发回的微信、微信群里群友的风凉话与同事朋友来帮扶热情的身影、当地人的支持和理解、贫困的温暖和眼神、今天的积累和明天的荣光，此时都化作窗外的星光，在我记忆里闪耀。

　　突然，一缕更强也更柔和的银光洒了进来，原来，此时已是月上中天。就在远山一带暗影的上方，一轮明月正在光耀无比地静默着。

　　泪如雨下。泪如雨下。

　　不是难过，不是忧伤，不是告别，不是彷徨，只是浑身充满的力量，让一种心情和梦想忍不住夺眶……

别说再见

我背着手往山坡下走去。不知是因为年龄大了，还是别的什么原因，我越来越喜欢走路的时候背着手了，这样做心里觉得比较闲适，好像能更好地休息，而且有一种历经沧桑的感觉，酸甜苦辣、风风雨雨都在我心中，只是不说而已。

动那三次手术之后，身体一直比较虚弱，在爬山的当口，有时比较费劲儿。一次督导危房改造时上坡被同行的人拍下了背影，自己看着有点儿不堪，两肩下塌，仿佛一个老人。其实，我内心对自我形象的判定没那么虚弱。

在这初冬时节，太阳仿佛也怕冷似的，一个劲儿地往下出溜。深红的颜色燃遍了视野。这是一个缓坡，很快这个缓坡就仿佛通到了那深红色的太阳里，传说夕阳是落在了海里，那么这缓坡又仿佛一直通向红色的大海。我的印象判定里，这实在像是过去的毛巾画，深红色的太阳、深绿的松柏、发着红光的大海。

承德市委书记周仲明曾经说过，承德的优势在生态、潜力在生态、希望也在生态。强市富民，根本在于坚持"绿水青山就是金山银山"的理念。作为承德市一个县的滦平也正是这样，

如此漂亮的小山城未来就是在这青山绿水之间勾画。未来？未来，我再回来，会看到怎样一个滦平。是啊，我就要走了。冬天的滦平，这么冷，但依然充满了魅力。就要走的我使劲看着这绿水青山，想把这里的一草一木都深深刻在记忆里，想把明天更加美丽的滦平在眼前想象出来……

缓坡右下方就是村落了，此时已是炊烟袅袅。村子此时一半在斜阳里，一半在斜阳外。李叔同于是便从那苍茫历史的暮色里跳出来，青袍长须地和我一起向山下走去。村子里有人咳嗽，也有开关门的声音，也偶尔会响起手机铃声，这情景我不知看了多少次。我刚来扶贫的时候它就这样，现在它还是这样，青山依旧在，几度夕阳红。生活还在继续，无论你来还是走。

不久之后，我确实是要走的。回过头看看，刚才走过的缓坡此时金光灿烂，两旁的爬山虎红得像烧着了一般。受移情的心态驱使，这一回头，我看到了来路，看到了坐在贫困户家炕头的自己，看到了冬天夜晚还在学校教室外的自己，看到了围着台账给贫困户一个一个打电话坐在角落的自己，看到了在高速口等待来帮扶的人的自己,看到了突然病发连夜被媳妇送往医院然后在急救车上痛不欲生的自己,看到了全身麻醉前想着扶贫项目的自己,看到了摸着土地琢磨如何发展产业扶贫然后与老同学联系的自己,看到了夜里值晚班回到宿舍打开方便面的自己……

回首来时路,落英无数。村子就在下面,我却站住不动,这太阳落下去的一刹那太美,而我此时万念涌上心头的一刹那也太美,不忍离去。

时间一点点过去,天色暗了下来,有一阵薄雾渐渐笼罩了天地,我又开始缓缓地向山下走去。曾经写过一首诗,"夜幕像笼罩天地的烟雾,罩住了前面几点亮光和孩子的身影奔向村落,手机突然透过疲惫的牛仔裤亮了。"我是多么喜欢这黄昏的意境啊,我又是多么不甘心只是喜欢这黄昏的意境啊。

王阳明的学生问他,没事儿时琢磨道理也都想得通,觉得挺好,可是遇到事儿就不行了,这是为什么呀?王阳明说,这是因为你只知道静坐静养,而不用克己的功夫,"人须在事上磨,方立得住,方能静亦定,动亦定。"正是抱着在事儿上磨

的决心，我才走到今天。

挂职以来，不只是事务性工作增多了，而且仿佛生活广阔了，就说来来回回，也让奔波不定的时间增加了许多。这样真的就是在磨。那一桩桩、一件件，从工作方式到思维方法，从文化知识到涵养定力，所有的所有的都融入工作生活的一点一滴当中，就连风景也不单单是风景了，它与扶贫和意义紧密相连。

回过头去，看看这地方，其实并没有太多奇异之处。因为在河北在冀野，所以玉米地多一些；因为在燕山余脉，所以山坡多一些；春夏秋冬的风貌和华北平原大多数地方差不多；那气候和风土人情，与同纬度的山区也有很多共同之处；离北京比较近，所以这里的理念、习惯也相对类似首都；而扶贫工作全国都在一丝不苟地开展，我们的工作是其中小小的一部分。

看了我的扶贫笔记，很多读者和朋友都会说，真的好，你挂职的地方真的很特别。我对他们说，其实无论何处，都是很特别的，特别的原因在于那里的奋斗者赋予了它特别的价值。

我们每个人都是人生过客，一走一过，最终都会从这个世界上消失，那么是不是在过程中我们所做的一切就不重要了呢？是不是我们最终也无法改变什么？是不是我们永远都无法抓住终极的意义？

回去的路上，村路蜿蜒，进到城里，万家灯火，拐过一个街口，路过一座灯火灿烂的桥，穿过一个街区，上了一个山坡，我接近宿舍了。我忽然想，我将来离开这儿以后，这一条条村路、这一个个街口会不会经常进入我的梦境？再想开去，那些在各地挂职的扶贫干部，包括那些同是借调或挂职的丁丁、郭

兴华、王江波、潘祝华、张天辉、程惠建、吕晓勋、时圣宇、杨朴、邢晓光，还有在滦平相遇并鼓励我的领导中央纪委国家监委驻社纪检监察组副组长潘选民，河北省体育局党组书记、局长张泽峰，人民日报海外版旅游部主任田晓明，华人华侨部主任胡继鸿，有没有那样一条街，有没有那样一个村口，会在之后的岁月里，经常进入他们的梦境？

是我们让这棵树、这个拐弯儿、这个街口变得特别，就像小王子的玫瑰花，而同时也正是这棵树、这个拐弯儿、这个街口，和我们经历的扶贫让我们也变得特别，变得与过去不同。

第二天，一早，我看窗外，那连绵的小山依旧在薄雾里伸着墨色与白色交错的懒腰，第一场雪的残雪勾勒出雪里一片清静的意境，一缕阳光从窗子的斜侧射进来，我想，这山、这城、这扶贫、这乡村振兴都是我的"朋友"，都曾经是我生命中重要的一部分。

"朋友"，我想对你说，这——不是告别……

"朋友"，请别说再见。

后记

打完《扶贫笔记》最后一个字的时候,我泪流满面。不是伤心,不是难过,不是悲哀,不是激动,我自己也不知道究竟怎么定义这种情感,用我文章里的一句话说:"有一种感情夺眶而出。"

2018年,在脱贫攻坚的关键阶段,报社选派我到定点扶贫县河北省承德市滦平县挂职锻炼开展扶贫工作。2018年9月,人民日报社社长李宝善到滦平调研时,提出要求:做好宣传报道、加强信息推介、提升帮扶点的知名度和美誉度,是报社做好帮扶工作的重要方式。新闻扶贫,舆论扶贫,从扶贫先扶志、扶贫必扶智的精神源头,迎着新鲜的风走入我的视野。这时候,离2020年那个激动人心的时刻还有两年,离滦平退出贫困县序列还有一年。

如今,滦平已经由河北省宣布退出贫困县序列,静静等待着2020年的那一声哨响。回首时,感觉自己并没有做什么。那巨大帮扶成效像一条滔滔大河,来自于"我娘家"人民日报社。还记得,2019年人民日报社总编辑庹震在深秋时节到滦平调研时对我们挂职干部说的话,给我们在那个寒冷的季节以莫大的鼓舞和温暖的关怀，"我们将尽最大努力给滦平脱贫攻坚以支持，给挂职干部以支持"，社领导是这么说的，也是这么做的。

人民日报社副总编王一彪考察调研了滦平的脱贫工作后在新闻稿上批示：努力工作，请多保重。看批示的时候，我心里涌现出一种"一往无前"的活力和勇气。"扶贫的稿件你直接发给我，我们将以最快速度处理！"人民日报社副总编许正中曾兼任新闻协调部主任，在协调滦平稿件时他总是这样对我说。刚刚到任的人民日报海外版总编辑王慧敏经常发来关怀和问候："好好干。扶贫很辛苦，注意身体""回去路上注意安全""天冷，基层条件差，多多注意保暖"，每一句都"击中"内心最温暖的奋斗力量。每一次活动后，不管多忙，人民日报社秘书长乔永清都会停下来问我近来身体怎么样，有没有给家里打电话……

这样强大的后盾，使我们的工作具有了很强的推动力。有了力量，有了信心，接下来就是亲历、实践。

到了这里，我一下子就到了"现场"，扶贫论述摘编上的话变成一股暖流流到了田间地头，流到了村头村尾，流到了夏日草帽下闪动的汗珠上，流到了冬日睫毛的霜花上，流到了扶贫工作的一点一滴中。

刚到滦平的时候，两眼一抹黑，生活、工作整个换了个方式、换了个角度、换了种味道。买脸盆、买牙膏、买拖鞋，又仿佛回到了大学新生住宿舍的时光。父亲和我一起在超市里把碗底翻过来看是不是微波炉适用款的深秋之夜，至今仍让我有些恍惚：到底是多年前发生的场景，还是两年前发生的事情？

草的味道、猪圈的味道、雨后土墙的味道成了生活中最常闻到的味道，而开会的内容也从办报的内容转到了县里的方方面面。上午开会的内容，有时就在下午进入到贫困户家里的"新炉子里"。长途公共汽车站寄托了很多对扶贫的思索和小别离。和社会上各种"热心"的力量打交道，而所有的核心都围绕着脱贫与乡村振兴。一头扎进田间地头，你会发现，以前文件和报纸的政策是那么真实那么有温度，切切实实地是在为老百姓干实事。正如我挂职前夕时任人民日报海外版总编辑牛一兵所说："去吧，你会变得不一样。"

干了一段时间，工作步入了正轨，各种生活琐事也开始条理了起来，门口的保安也逐渐认识了我，不再对我盘问不休，只是平静地看着我走过。这个时候，我突然有一种少了点儿什么的感受，少了点儿什么呢？"你开始写扶贫笔记吧！"人民日报海外版副总编辑李舫一句话点醒了我。对呀，得把这些点点滴滴记录下来，把种种感想记录下来。

一次偶然的机会，我参与了一本关于扶贫的书稿的撰写，在写作群里，我看到该书的编委经常发微信说不要写工作报告，要写故事，要写感受，语气特别着急。刚开始写扶贫笔记的时候，我也曾思考过，是写扶贫工作呢，还是写贫困户人物呢？是把自己的工作报告、讲话提纲都放进去呢，还是干脆描述怎么扶贫？所有的这些方式，已经有很多人用过了。朋友知道我要写扶贫笔记，都纷纷来微信说，希望我写一本好看的、不一样的扶贫笔记。

好看？怎么样才能好看？

经过思考，我觉得好看有三：一是要讲故事。这样的文章肯定不能像小说那样，靠故事情节取胜、靠悬念吸引人，但一定要靠讲故事的口吻让人身临其境：讲贫困户的故事、讲自己的故事、讲扶贫工作时遇到的故事、讲当地的历史文化故事。

二是要"软"要贴心。讲故事有时候也会让人觉得千篇一律、乏味枯燥，这个时候就需要下笔软、角度多。什么叫下笔软，那就是要写局部美文，要烘托意境，将松风明月、雪满群山以及土炕窗花、白菜靠墙作为扶贫故事的背景画面，这样可以让读者对当地产生一种喜爱感和亲近感，然后自然而然地走进故事。软还要注意细节描写，贫困户老人拽袖子的一个动作体现出她的性格，邻居的一句话体现出现在生活和过去生活的对比变化，儿子牙牙学语的一个表情体现了作为一位扶贫人面临小别离时的情感升华，这些都是让故事变得生动的"灵丹妙药"。

角度多就是内容不能单一，所以我就尝试写扶贫工作生活的方方面面，着重写这些方方面面带给我的收获。对人物的描写让读者了解到扶贫对象的真实状态，让读者了解到扶贫政策的巨大力量；对情感的描写会让读者，无论是奋战在扶贫第一线的同志还是在其他工作岗位奋斗的同志，产生共鸣，产生一种发自内心深处的暖流，这种暖流正是推动我们向美好明天奋勇前进的力量之一；对当地风物的描写是对当地的历史、文化、民俗、人情进行生动的讲述，同时分析了这些有形的无形的资源与产业扶贫乃至乡村振兴的关系，发出了对未来这些资源产生"化学反应"的畅想；对为扶贫而奋斗的描写就直接讲述了扶贫工作的种种，这里不是流程的叙述，而是体悟的呈现，都是自己通过亲身历练得出来的一些工作方法，我个人认为最具有实用性；上面这些多角度的描写不是孤立的，而是统一的，它们最后都统一在一点上——人生思考。

我们扶贫人在进入到其他人的生活中去帮助他们在政策的指引下过上更好的生活的同时，我们也在生活着。所以在经历了这一切之后，从工作中、生活中我们总会发现，一些东西在变化，一些理念在升华。尤其是在扶贫这项伟大的事业中，我们作为一朵小小的浪花，在经历着自己独特的人生。对这样的人生，我们思考，我们探索，我们总结，我们升华！

于是，我把扶贫笔记分成了五个部分：故事、情感、风物、方法、哲思。

三是要有用。我把扶贫路上经历的风霜雨雪、春花秋月，我把在扶贫路上看到的种种情景，我把遇到的各种磨难、痛苦、琐碎，我把工作中结晶出来的一些小小的方法，我把在扶贫路上得到的内心感动，我把对扶贫政策彻底的理解，我把体味到的人生况味，通过细节、通过一点一滴、通过这一篇篇用心用情写出来的笔记融入字里行间，传递给所有的人，只是希望能对人们有用，哪怕只有一点点。

这一点一滴，这丝丝缕缕，汇成时代的长河，向明天、向未来蓬勃流淌，转过头才发现，这涓涓细流汇入"全面建成小康社会，实现第一个百年目标"近在眼前的目标之河中去，汇入坚持党的领导的组织保障之河中去，汇入坚持精准方略、提高脱贫时效的方法之河中去，汇入动员各方力量的凝聚之河中去，汇入激发内生动力的群众主体之河中去……百溪终归河，百川终归海。站在 2020 年的门口，我们发现，原来所有的一切，都是你中有我，我中有你：扶贫人和贫困户，政策和细节，环境和人民，国家和我们，工作和生活，在扶贫路上，我们做的每一件事，学的每一个文件，看的每一页笔记，国家的每一条政策，都是息息相关的。

我的笔记虽然涵盖了围绕扶贫的方方面面，但是所有内容都没有脱离开"两不愁、三保障"，没有脱离开乡村振兴，没有脱离开奋斗和幸福，没有脱离开"只争朝夕，不负韶华"。

回想最初报名来扶贫的时候，我内心涌动着一个声音，就是习近平总书记说的"知行合一"，我最大的愿望就是挂职归来，交给生活的是一个全新的自己，是一个知行合一的自己。那么，今天的我，做到了吗？

写到这里的时候，突然视频电话响了。我去挂职的时候，儿子只有一岁半，所以我们经常视频，我对同事开玩笑地说，怕儿子不认识我了回来管我叫叔叔，其实我内心真的是这么想的。可一段时间下来，正像我笔记中写的那样，我开始享受小别离，开始把父母、妻儿的别离化作一种幸福和力量，这是一种"看法革命"，也许，只有这样，将思维模式转变，才能真正做到知行合一。

（本文图片大部分为著者杨一枫拍摄，其余由滦平县及邓秀军、郝博然、彭明钊、祁峰、郑淑芳等提供。）

附录

精准扶贫政策解答精选

一、基本概念

1. 什么是"精准扶贫"？

"精准扶贫"是粗放扶贫的对称。是指针对不同贫困区域环境、不同贫困农户状况，运用科学有效程序对脱贫对象实施精确识别、精确帮扶、精确管理的治贫方式。精准扶贫要解决好"扶持谁""谁来扶""怎么扶""如何退"四大问题。扶贫开发应当遵循的原则：政府主导、分级负责、部门协作和社会参与。

2. 什么是"两不愁、三保障"总体目标？

到 2020 年稳定实现农村贫困人口不愁吃、不愁穿，义务教育、基本医疗和住房安全有保障。

3. 什么是"六个一批"？

发展生产和就业脱贫一批，易地搬迁脱贫一批，生态保护脱贫一批，发展教育脱贫一批，医疗保险和医疗救助一批，社会保障兜底一批。

4. 什么是"六个精准"？

扶贫对象精准、措施到户精准、项目安排精准、资金使用精准、因村派人精准、脱贫成效精准。

二、贫困识别和退出

5 什么是建档立卡贫困户？

建档立卡贫困户是指已经完成"两公示一公告"审批流程，建立了贫困档案，纳入全国扶贫开发信息系统动态管理，并获得《扶贫手册》的贫困家庭。

6 现行贫困户识别标准是什么？

严格按照"两不愁、三保障"（不愁吃、不愁穿，义务教育、基本医疗、住房安全有保障）和 2017 年农民人均纯收入 2952 元的国家现行农村扶贫标准认定。

7 贫困户识别程序有哪些？

贫困户识别遵循的程序是"两公示一比对一公告"。"两公示"指的是村级评议公示和乡镇审核公示，"一比对"是指县级对乡镇上报的数据进行比对，"一公告"指的是县级对乡镇上报数据比对审核完成后在行政村进行一次公告。

8 什么是"六不评"？

有以下情形之一的，一般不纳入建档立卡贫困户：①家庭成员中有在国家机关或企事业单位工作且有稳定工资收入的；②家庭成员中有任村支部书记或村委会主任的；③家庭有在城镇购买商品房、门市房等的（不含因灾重建、易地扶贫搬迁和拆迁建房）；④家庭成员中拥有小轿车（含面包车）、工程机械、大型农机具的；⑤家庭成员中有作为企业法人或股东在工商部门注册有企业且有年审记录的，或长期雇用他人从事生产经营活动的；⑥举家长年在外（1 年以上）并且失联的。

9 什么是"六优先"？

有重病病人的、有重度残疾的、有因贫辍学的、无劳动能力的、无赡养（抚养）义务人的、无安全住房的优先。

三、产业就业扶贫

10 产业扶贫扶持的对象是什么?

通过扶持贫困户发展产业项目实现脱贫。产业扶贫扶持的对象必须是录入国家扶贫开发信息系统内的建档立卡贫困户。

11 产业扶贫扶持的产业包括什么?

包括种植业、养殖业、家庭手工业、乡村旅游业(农家院)、光伏发电、电子商务(开设网店,在网上销售农产品)等。

12 产业扶贫是怎么申报、验收和补贴的?

符合条件的贫困户年初向村申报,由村向上级申报项目资金。项目实施完成后,由村汇总统一上报乡镇验收审核。合格后按照扶贫产业相关补贴标准给予资金补贴,补贴资金直接打入贫困户个人账户,每户补贴资金不超过 12 000 元。

13 什么是产业发展带动就业?

依托龙头企业、园区、农民专业合作社、种养大户、家庭农场等经营主体,吸纳建档立卡贫困户劳动力就业。各经营主体安排建档立卡贫困户劳动力就业不低于用工总数的 20%。

14 什么是政府开发扶贫岗位安置就业?

安排护林员、护路员、巡河员、保洁员、治安员等公益性岗位。

15 劳务输出补贴、企业一次性吸纳贫困劳动力就业补贴、贫困劳动力一次性创业补贴政策是什么?

劳务输出补贴:对人力资源服务机构、社会中介组织或劳务输出带头人一次组织贫困劳动力输出 5 人以上并实现 6 个月以上稳定就业的,按照每输出 1 人给予 200 元的就业创业服务补贴。

企业一次性吸纳贫困劳动力就业补贴:对于新吸纳贫困劳动力稳定就业 6 个月以上的企业,每吸纳 1 人给予企业 1000 元的一次性吸纳就业补贴。

贫困劳动力一次性创业补贴：贫困劳动力初次创办个体工商户或企业，经工商部门注册并稳定经营6个月以上的，可给予5000元的一次性创业补贴。

16 什么是职业技能和实用技术培训促进就业？

根据建档立卡贫困劳动力培训意愿，对有培训愿望的建档立卡贫困劳动力实现培训全覆盖，对有培训愿望的建档立卡贫困劳动力至少开展一次免费的职业技能或实用技术培训。

四、金融扶贫

17 贷款对象包括哪些？

有经营项目、有贷款需求、有还款能力的建档立卡户（已脱贫继续享受政策户、未脱贫户），每户只能有一名家庭成员申请贷款。

18 贷款用途是什么？

凡是发展到户致富项目都可以申请贷款。主要包括：（1）从事种植、养殖、农畜产品加工、流通等农林牧渔生产经营活动；（2）从事运输、多种经营、家庭手工业、农民专业合作组织和产业链带动下的农牧业规模化生产经营活动；（3）从事光伏扶贫、旅游扶贫、电商扶贫试点的贫困户项目。

19 贷款额度是多少？

贫困户贷款额度为1000元—50 000元。

20 担保方式是怎样的？

全部执行免抵押免担保的方式。

21 贷款是怎么贴息的？

按贷款用途使用贷款并及时还本付息的贫困户贷款，实行全额贴息。

贴息方式：贷款银行按实际情况每半年或按季度向扶贫办反馈按时还本

付息贷款户名单，以乡镇为单位组织贴息手续待扶贫办进一步核实后统一打卡到户。

五、易地扶贫搬迁

22 搬迁村条件是什么？

搬迁对象主要是居住在"一方水土养不起一方人"地方的贫困群众，优先安排实施整体开发的村和整自然村搬迁的村实施易地扶贫搬迁。

23 搬迁对象条件是什么？

实施易地扶贫搬迁的对象为：符合搬迁条件的村内有搬迁意愿的建档立卡贫困人口和同步搬迁的非贫困人口。建档立卡贫困人口搬迁确定依据：以录入国家建档立卡信息系统为准，确定贫困搬迁人口。未在国家建档立卡信息系统内的人口不得享受贫困人口搬迁政策。非贫困人口同步搬迁确定依据：以行政村为单位，确定与建档立卡贫困人口同步实施搬迁的非贫困人口。

24 搬迁安置方式有哪几种？

根据滦平县实际，确定四种搬迁安置方式：县城集中安置、小城镇集中安置区安置、主村集中安置点安置、分散安置。

25 易地扶贫搬迁办理流程是什么？

搬迁人口自愿申请搬迁 → 村、乡镇审核 → 签订协议（收取自筹资金）→ 录入搬迁人口台账 → 县级审核 → 列入年度全县搬迁计划 → 启动实施搬迁工程 → 搬迁安置（搬迁人口享受搬迁安置住房或享受补助资金）。

六、健康扶贫

26 构建医疗保障救助"三重防线"的第一重防线是什么？

"第一重防线"基本医疗＋提高。一是参保资助。特困供养人员和农村建档立卡贫困户个人参保缴费部分财政给予全额资助，其他保障救助对象财政按不低于 60% 的标准资助。二是提高贫困人口门诊统筹报销待遇：每人每年最高 500 元，报销比例 70%。三是提高贫困人口住院报销待遇：住院起付线降低 50%，县内定点医院住院报销比例为 90%。

27 构建医疗保障救助"三重防线"的第二重防线是什么？

"第二重防线"大病保险 + 提高。将贫困人口大病保险作为现行城乡居民基本医疗保险制度保障的重要一环，对贫困人口大病患者发生的高额医疗费用给予再报销，提高后取消大病保险住院报销起付线，大病保险年度支付封顶线提高到 50 万元。

28 构建医疗保障救助"三重防线"的第三重防线是什么？

"第三重防线"医疗救助 + 提高。门诊大额慢性病按 70% 比例和年度最高 2 万元的标准给予医疗救助；对贫困患者住院救助不设起付线，年度最高救助 7 万元；重特大疾病救助经住院救助后的超出部分按 90% 比例救助，年度最高救助 20 万元。

29 什么是"一站式"报销结算？

医疗保障救助对象在全市医保定点医院住院医疗费用实现在医院窗口"一站式"即时结算。

30 什么是慢性病筛查和家庭医生签约服务？

对患有慢性疾病的农村贫困人口实行签约健康管理。为每位农村贫困人口发放一张健康卡，置入健康状态和患病信息，与健康管理数据库保持同步更新、同步管理。确定县医院、中医院为慢性病诊断定点单位，对疑似心肌梗塞、高血压、糖尿病等 36 种慢性病贫困人口，县医院、中医院对疑似慢性病贫困人口进行确诊并出具慢性病诊断证明，建立慢性病患者健康管理档案。落实 36 种慢性病门诊报销待遇。实施家庭医生签约全覆盖，为贫困人口提供公共卫生、慢性病管理、健康咨询和中医干预等综合服务。

七、农村居民最低生活保障

31 享受低保对象认定条件是什么？

户籍状况、家庭收入和家庭财产是认定最低生活保障对象的三个基本条件。

32 各年度享受低保标准是多少？

2015年，2460元/(人·年)，补差115元/(人·月)；2016年1—9月，2820元/(人·年)，补差145元/(人·月)；2016年10—12月，3300元/(人·年)，补差160元/(人·月)；2017年，3540元/(人·年)，补差180元/(人·月)；2018年，3900元/(人·年)，补差200元/(人·月)；2019年，4320元/(人·年)，补差220元/(人·月)；2020年，4800元/(人·年)，补差245元/(人·月)。

33 农村特困供养人员（五保）享受对象是什么？

城乡老年人、残疾人以及未满16周岁的未成年人，同时具备以下条件的，应当依法纳入特困人员救助供养范围：①无劳动能力（60周岁以上的老年人；未满16周岁的未成年人；残疾等级为一、二级的智力、精神残疾人，残疾等级为一级的肢体残疾人）。②无生活来源。③无法定赡养、抚养、扶养义务人或者其法定义务人无履行义务能力。

34 各年度享受城乡特困供养标准是多少？

2015年，3800元/(人·年)。2016年，3800元/(人·年)。2017年，农村4550元/(人·年)，城镇8580元/(人·年)；护理标准：半护理2664元/(人·年)，全护理3552元/(人·年)。2018年，农村5070元/(人·年)，城镇9360元/(人·年)；护理标准：半护理2664元/(人·年)，全护理3552元/(人·年)。2019年，农村5592元/(人·年)，城镇10140元/(人·年)；护理标准：自理1776元/(人·年)，半护理2664元/(人·年)，全护理3552元/(人·年)。2020年，农村6240元/(人·年)，城镇10140元/(人·年)；护理标准：自理2016元/(人·年)，半护理3024元/(人·年)，全护理4032元/(人·年)。

八、农村危房改造

㉟ 农村危房改造享受对象是什么？

申请人必须具备下列条件：经住建部门评定或鉴定为 C 级或 D 级危房；改造对象为建档立卡贫困户、分散供养五保户、低保户、残疾人建档立卡贫困家庭四类人群（包括已脱贫继续享受政策户和家庭成员中部分人员为低保对象的农户），"四类人群"身份识别以扶贫、民政、残联部门认定为准；改造户必须具有本村农村户口并在当地居住，且唯一住房属于危房的；列入易地搬迁、非居住性质房屋不得列入。

㊱ 2015—2016 年危房补助标准是多少？

2015 年　翻建：一般贫困户 16 000 元 / 户，低保户和残疾户 17 600 元 / 户，五保户和优抚户 19 200 元 / 户；维修：一般贫困户 5000 元 / 户，低保户和残疾户 5500 元 / 户，五保户和优抚户 6000 元 / 户。部分农户节能示范补助 3000 元 / 户。（以上维修补助标准为至少改造两项。）

2016 年　翻建：一般贫困户 14 000 元 / 户，建档立卡贫困户 15 000 元 / 户，低保户和残疾户 16 000 元 / 户，五保户 17 000 元 / 户；维修：一般贫困户 4500 元 / 户，建档立卡户 5000 元 / 户，低保户和残疾人家庭 5500 元 / 户，五保户 6000 元 / 户。（以上维修补助标准为至少改造两项。）

㊲ 2017—2019 年"四类重点户"危房改造补助标准是多少？

四类重点对象翻建户最高补助 4 万元，维修户最高补助 1 万元；五保户和完全无自主改造能力的极度贫困户维修最高补助 1.2 万元，翻建面积在 40—60 平方米以内最高补助 5 万元，面积超过 60 平方米只补助 4 万元。

九、教育扶贫

38 什么是"三免一助"政策?

　　滦平籍普通高中、中等专业学校享受全部免除学费、免住宿费、免费提供教科书,家庭经济困难学生享受国家助学金政策,简称"三免一助"。

39 什么是"两免一补"政策?

　　小学、初中学生全部享受免除学杂费、免费提供教科书,家庭经济困难寄宿学生享受贫困寄宿生生活补助政策,2019年秋季起,非寄宿学生包括建档立卡、低保、残疾、特困等四类贫困生也纳入"一补"范围,简称"两免一补"政策。

40 学生营养餐政策是什么?

　　对农村(不含县城)义务教育学生实施营养改善计划,标准为每生每天4元(学生全年在校时间按200天计算),合计每生每年800元。

41 生源地助学贷款是怎么规定的?

　　(1)贷款对象:参加普通高考并被录取的河北籍学生。

　　(2)贷款金额:本专科生每生每学年最高申请金额不超过8000元,研究生每生每学年最高申请金额不超过12 000元。

　　(3)贷款方式:由学生户籍所在地县级学生资助管理中心或农村信用社县联社统一办理。

　　(4)贷款利息:贷款学生在校学习期间的助学贷款利息全部由财政补贴,毕业后的利息由贷款学生本人全额支付。

　　(5)申请方式:每年申请时间在7月15日—10月15日,学生在新学期开始前,登录国家开发银行生源地助学贷款管理系统网站(http://www.csls.cdb.com.cn)填写统一的贷款申请表,学生和家长到教体局学生管理中心申请办理。

十、光伏扶贫

42. 光伏扶贫有哪几种模式？

光伏发电是指利用太阳能电池把太阳的辐射能转变为电能，太阳能电池组件和逆变器等设备组成光伏电站。目前有三种光伏扶贫模式：集中电站式、村级电站式、分布式（屋顶式）。

43. 村级电站建设运营模式是什么？

鼓励利用贫困村荒山荒坡、工业废弃地、农业大棚、鱼塘水面，采取农光、渔光、牧光、林光互补等多种形式，建设 500 千瓦以下的村级光伏扶贫电站，支持多村联合集中联建。

44. 什么是户用分布式光伏发电？

总装机 6 兆瓦以下的光伏电站称为分布式光伏电站。居民利用屋顶及附属场地建设的装机容量不超过 6 兆瓦，且在 10 千伏及以下电压等级接入的项目称为户用分布式光伏发电。

45. 户用分布式光伏发电补助标准是多少？

滦平县结合本县实际制定光伏扶贫标准，每户安装 3—5 千瓦屋顶分布式光伏，每瓦补助 4 元，最高补助 1.2 万元。

（河北省承德市滦平县）